静待花开 守清欢

张炎琴 著

文化发展出版社
Cultural Development Press
·北京·

图书在版编目（CIP）数据

静待花开守清欢 / 张炎琴著 . -- 北京 : 文化发展出版社，2025. 5. -- ISBN 978-7-5142-4652-0

Ⅰ . I267

中国国家版本馆 CIP 数据核字第 2025TN1685 号

静待花开守清欢

张炎琴 著

责任编辑：安玉霞　　责任校对：岳智勇
责任印制：邓辉明　　封面设计：杭州众书
出版发行：文化发展出版社（北京市翠微路 2 号 邮编：100036）
发行电话：010-88275993　010-88275711
网　　址：www.wenhuafazhan.com
经　　销：全国新华书店
印　　刷：四川福润印务有限责任公司

开　　本：880mm × 1230mm　1/32
字　　数：150 千字
印　　张：6.5
版　　次：2025 年 5 月第 1 版
印　　次：2025 年 5 月第 1 次印刷

定　　价：65.00 元
I S B N：978-7-5142-4652-0

目录 Contents

第一辑 深恩难忘

第二辑 人间牵绊

第三辑 自得其乐

第四辑 万物有灵

第五辑 四方食事

第六辑 千载诗情

第一辑

深恩难忘

聆听幸福的歌声

去海岛需要坐船。船舱里孩子的哭声撕心裂肺般弥漫开来。孩子不停地哭，他的母亲不好意思地向我们致歉，然后她打开iPad播放音乐，孩子立马停止了哭声，没一会儿，小小身躯跟着音乐的节奏快乐地蹦跳舞动起来。

孩子的母亲开心地玩起了手机，他们的旅行就这样开始了。看着她们，我情不自禁地回想起了我的家人哄孩子的方式。船外海上风景如画，那一幕幕动人心弦的往事，伴随着海鸥的歌声，像一个个爱的音符飞进了船舱。

夏天的午后，外婆一边摇着麦秆扇子，一边轻轻地拍着我和弟弟的后背。我和弟弟总有说不完的话，这时外婆便会唱歌哄着我们入睡："摇啊摇，摇到外婆桥，外婆叫我好宝宝，还有糖来还有糕……"伴着轻轻柔柔的微风，我们在外婆的歌声中沉沉入睡。

我母亲那动听的歌声也让孩子喜欢。那时候，我刚生完孩子，母亲便来家中帮我照顾女儿。晚上女儿一哭，母亲就从隔壁屋子里跑过来，让我赶紧睡一会儿，她来哄女儿。只听母亲温柔地唱着那首《小宝贝快快睡》："小宝贝快快睡，梦中会有我相随。陪你笑，陪你累，有我相依偎。"只要听到母亲的歌声，女儿瞬间就不哭了，在母亲的歌声中又睡着了。

我的父亲，在我心中一直是很严肃的样子。一次女儿发烧在医院排队等候的时候，父亲就一直抱着女儿在走廊里给她讲故事。女儿一哭闹，他便让女儿骑在他的肩膀上。女儿的小手抓着父亲的头发，父亲还开心地跟女儿说："外公带你开飞机啦！"女儿开心地咯咯笑起来。玩累了，父亲便抱着女儿，哼唱着他喜欢的歌曲哄女儿入睡。我看着他花白的头发和略显瘦弱的背影，感动了许久。

繁花似锦绣，岁月如歌谣。如今，我们长大了，父亲、母亲和外婆都老去了，但这些歌声还在脑海中萦绕。我想幸福是有声音的，那一定是父亲、母亲和外婆的喃喃细语，浓浓深情。只要有家，一定能听见，在酣然沉睡的梦中，还有歌声在。

此刻，我明白了幸福的真谛。幸福不是金钱、名利所能带来的，而是与家人共度的时光和共同的回忆。这些回忆如同一首首永恒的歌曲，永远在我心中回荡。我感激我的家人，感激他们用爱和歌声陪伴我成长。

藏在针线里的爱

在寒冷的冬日里，入眼的风景都像被冷霜打过，万物都陷入了沉寂。然而，在我心中，却总有一件物品带给我春天般的温暖，那便是母亲织的毛衣。每当整理衣柜，那件粉色的毛衣总会一下子映入我的眼帘，勾起我对母亲的深深思念。

在体育课上，同学们玩闹时，我的毛衣被扯出了一个洞。我害怕被母亲发现，于是回家的时候用棉服遮住。后来这个洞越来越大，还是被母亲发现了。原本以为母亲会生气，没想到她说："你毛衣破了就不要穿了，不暖和。妈妈给你织件新毛衣。"我开心地跳了起来，一个劲儿地谢母亲。

她去毛线店里买了毛线，而且还是我喜欢的粉色。母亲让我当小助手，她负责缠毛线，而我则用手臂当支撑架，母亲把毛线套在我手臂上，我乖巧地配合着她缠毛线。在灯光下，母亲动作熟练地缠好一团团毛线，然后从柜子里找出长长短短的毛线针开始编织。只见母亲先把毛线缠绕在两根长长的棒针上，手指灵巧地穿上穿下，时不时拿着编织好的部分毛衣在我身上比画，生怕给我织小了。

在接下来的日子里，我每次放学回家时，都能看到母亲坐在屋子里的小凳子上，低着头认真地为我织毛衣。三天后，当买衣服，我都会把标着价格的衣服说成打折处理的。这次父亲知道衣服这么贵，他节俭惯了，肯定不愿意让我买给他。

我想到了一个“妙招儿”。于是，第二天我去商场把衣服、裤子、鞋子都买回了家，并跟先生商量演一出戏，先生马上同意配合演戏。

晚上，先生拿着衣服回到家，吃饭时抱怨道：“单位疫情后效益不好，老板直接用品牌服装抵了年终奖。你看这些，我不喜欢。”父亲安慰他：“没事，发衣服、鞋子也好，总比不发东西强。”

先生站起来，把衣服披在父亲的身上说：“老爸，我看你合适穿这件衣服，你试试。”父亲穿上羽绒服，大小刚好，父亲说：“这件不是我那天试过的那件羽绒服吗？”我马上说：“是啊，这么巧，那刚好给你穿，要不穿就浪费了。”父亲又试了裤子和鞋子都说刚好。父亲开心地收下了衣服和鞋子，我和先生相视一笑，心里乐开了花。

看着父亲高兴的样子，我的心中五味杂陈。小时候，我的新衣服由父亲准备；如今，父亲老了，他的新衣服由女儿来安排，这或许就是时光的轮回吧。

每当过年时分，我总会想起那些温暖的旧时光。那时，我们一家人围坐在炉火旁，父亲讲述着过去的故事，母亲忙碌着为我们准备年夜饭。而如今，母亲已不在了，但那份家的温暖与记忆依旧在心中燃烧着。

母亲的心爱之物

收拾房间，在书房的书架上，我无意中发现了母亲的心爱之物——《新华字典》。这本《新华字典》页面发黄，有的内页已经松动，上面有母亲用铅笔密密麻麻的标注，刹那间，母亲和《新华字典》的那些流年时光，就这样如潮水般地涌了过来……

外婆有 4 个孩子，母亲是长女，当外公意外早逝，懂事的母亲便不再上学，把读书的机会给了弟弟妹妹，她去大队挣钱，还去砂石场帮忙。

在我幼时的记忆里，母亲时常对我说："人生天地间，读书最为先，农家子弟，只有勤奋读书学习才能改变自己的命运。"虽然我们家不富裕，但读书氛围浓厚，母亲十分重视我的学习。在我入学后，我的那本《新华字典》便成了母亲的最爱。她时常向我请教，我们一起读拼音，一起认字。母亲白天帮父亲做生意，晚上我写作业，而她则拿着字典在我旁边学习。

母亲喜欢在字典上用铅笔标注记号，看她认真学习的模样，受如此家风的熏染，我也喜欢上了读书学习。

后来，母亲开始订报，看报纸遇到生字，她就马上找出《新华字典》，然后在报纸上标注拼音。母亲还喜欢看《新闻联播》，听到主持人说的生字，她也会找出《新华字典》来查，母亲的这一习惯一直保持到老年。我时常看到母亲戴着老花镜翻《新华字典》，便打趣道：“老妈，你不是都认识字了吗，怎么还在看《新华字典》？”母亲说：“它可是我的老朋友了，时常翻翻看看，学习是一辈子的事情啊！”我听后有点儿脸红，更加佩服母亲。

随着岁月的流逝，母亲已离世，但每每看到这本发黄的《新华字典》，心中总是充满感恩和力量，仿佛母亲一直都在我身边，勉励我要学习不止、奋斗不息。我如今已经是教师，也已为人母，我也学着母亲，做闺女的榜样，让这种精神传承下去。

母亲的《新华字典》，不仅是一本字典，更是一份珍贵的回忆和一份深厚的情感，它见证了母亲的坚韧与伟大，也激励着我不断前行。在未来的日子里，我会一直珍藏着它，让它成为我人生道路上永恒的伴侣。

为爱做“煮” 滋养我心

晚餐时我做了盘红烧肉，突然想起母亲，想起她做的饭菜，她的唠叨……与母亲亲手做美食相关的回忆，如电影般在我脑海中一一闪过。

母亲是最懂生活的人，再苦的生活也能过出甜蜜的感觉。小时候家里穷，吃得简单，菜多肉少，每次家里买了肉，我都片刻不离地守在灶台边，盼着母亲快点做一次红烧肉。她先把肉块焯水过油，又放入我爱吃的土豆和萝卜块，小火慢炖，时不时去灶台看看炉火。红烧肉出锅了，她又用黄瓜条铺衬，小番茄点缀，配上香菜末，色香味俱全。我只顾埋头吃肉，连汤汁都一口不剩，母亲微笑看着我，眼里都是慈爱和满足。

母亲将对生活的热爱藏在做美食的巧思中。大学毕业后，我一个人在外租房，偶患感冒，过饭点也懒得去做饭。门铃响起，竟是特地从乡下赶来的母亲，还带来了她亲手做的牛肉酱。我迫不及待地打开，一股熟悉的香味扑鼻而来。看到酱里还有我喜欢吃的笋丁，估计是母亲一早去山上拔来了笋，加上辣椒和调料，油亮透红，看得我胃口大开。母亲像变魔术一般，把空空的冰箱塞满牛肉酱，又进厨房做肉汤面，满屋浓香四溢，我把一大碗面吃得干干净净，出了一身汗，感冒就好得差不多了。临走，母亲叮嘱我无论什么情况都要好好吃饭。

退休后母亲对做蛋糕有了兴趣，起初学做几次都不成功，她却打趣道："卖相不好但味道还是不错的。"没想到后来母亲的蛋糕越做越好，甚至准备亲自做我的婚礼蛋糕。知道我喜欢花，她提前买了许多玫瑰、芍药做装饰。结婚前一天，母亲一早就在厨房里忙活起来，不一会儿就做出了金黄松软的蛋糕坯。母亲在蛋糕上铺满我爱吃的粉色奶油，仔细比对着准备好的画稿，把鲜花摆出造型，又在周围用奶油裱出一朵朵爱心云。素雅的蛋糕散发着迷人的花香，不是童话胜似童话。

母亲对美食的热爱让家充满了人间烟火味，也带给我热气腾腾的生活，这些记忆给我的成长之路带来无限的温暖。

我为母亲织毛衣

天冷了，我周末忙完工作，去商场陪母亲买衣服，可是当母亲发现衣服竟然那么贵，坚决不让我买，还说自己的衣服可以凑合。

母亲忽然想到小时候她为我织毛衣的场景说："要不你去批发一些毛线回来，我自己织一件吧。" 母亲如今年纪大了，眼睛也不如以前亮了，可为了给女儿节约，她决定自己织毛衣。我知道拗不过她，只能在网上帮她买毛线。

那段时间，年尾我一直加班，毛线拿回来之后我没有再注意。母亲不知从何时开始，竟然真的在织毛衣了。女儿对我说："外婆织的毛衣真好看。"我拿起来女儿迫不及待分享给我的那件毛衣才发现，母亲织的第一件毛衣并不是给自己，而是给我的孩子的。

母亲睡了，我却失眠了，坐在客厅，努力回忆母亲曾经教我织毛衣的方法，一边织，一边在网上查。早上，母亲醒来自言自语道："昨天我都织了这么多了吗？我怎么忘了呢？"

女儿似乎懂我在帮母亲织毛衣，于是也附和："是的，外婆，你昨天就是一边看电视一边织的，你忘了吗？" 母亲笑着进了厨房。

就这样，白天母亲慢慢悠悠织毛衣，晚上我加班回来再悄悄织一会儿。一件我们母女共同编织的毛衣就这样一针一线慢慢完成了。

“慈母手中线，游子身上衣。谁言寸草心，报得三春晖。”这诗不就是在写我的母亲吗？从小学读书到大学进城，母亲一直秉持勤俭的传统美德，能自己缝补的衣服，尽量都不去集市修补。母亲用缝纫机做的衣服针脚很细，款式很新，我也从未被同学笑话过。母亲织的毛衣更是花样百出。也大概因此，我的身上有母亲的许多优点，勤奋、坚强、节俭。母亲不只是为我织毛衣的人，更是编织我人生的导师。

如今，我又成了帮母亲织毛衣的人，我除了给她更多的爱与包容，还能有什么呢？

父爱是水

记忆中，父亲很爱笑，几乎没有哭过，仅有的几次流泪，全都是因为我和母亲。都说男儿有泪不轻弹，父亲落泪的画面，却一直清晰地印在我的脑海里。

那年，母亲因脑出血意外离世，从不落泪的父亲像个孩子一样瘫坐在地上，眼泪鼻涕倾泻而出。料理完母亲的后事，父亲独自坐在院子的台阶上，呆呆地看着前方呢喃："昨晚，你妈妈回来给我盖被子了。"他眼中噙满了泪水，满头白发在风中飘动，单薄的身体在萧瑟的寒风中如秋叶般衰弱。父亲一向坚强如铁，那一刻的他却显得如此脆弱无助。

都说伤在儿身，疼在父身。有段时间，我因工作劳累，得了突发性耳聋，父亲急得如热锅上的蚂蚁，陪着我跑遍大大小小的医院。那段时间，我因听力恢复慢而心灰意冷，父亲却每日满面笑容地照顾我逗我开心。有天半夜醒来，我隐约中听到父亲在卫生间断断续续的呜呜哭声。我透过门缝看见，父亲双手合十放在胸前边哭边祈祷："保佑我的女儿快点儿好。"我看着父亲花白的头发，内心一阵酸楚涌上心头。

26 岁那年，我终于和心爱的男孩结婚了。当音乐响起时，我挽着父亲的胳膊，走向红毯。他却突然把脸转到了一边，偷偷用衣袖拭去眼角的泪水，转过脸来时他眼圈红了。父亲把我的手交给先生时，眼中满是不舍，他努力克制住眼泪。转身下场时，又突然回头紧紧拥抱了我，用他那颤抖的手轻轻地拍着我的背，在我耳边轻轻地说："女儿，你一定要幸福啊！"又流着泪拍拍先生的手臂说，"我的宝贝女儿就交给你了，你要好好对待她。"看着他离去的背影，我已泪水涟涟。

高尔基说："父爱如水。"父亲的眼泪，是对家人疼惜的柔情，时时润泽我的心田，让我感受到爱与温情。

仪式感

春日已至，柳条抽新，湖面波光粼粼。在这温润的时节，人们常说“生活要有仪式感”，而我家，便在这平凡的日子里找到了那份特殊的仪式感。

三八妇女节，对于许多人来说或许只是一个普通的周末，但在我们家，这却是一个特殊的节日。母亲常说：“仪式，就是确定一个与其他日子不同的日子。”而我家人的任务，便是确保每一个“特殊的日子”都与其他日子截然不同。

每次三八节的晚餐都是母亲准备的。我下班回到家，看到母亲竟然悠闲地坐在沙发上看电视，而父亲则围着围裙在厨房忙碌。看见我回家，父亲开心地一手拿了锅铲走到我面前说：“女儿，今天过节，我们男人做饭，你们休息等着吃大餐吧！”我知道父亲平时不下厨，就说：“妈妈休息，我可以帮忙当小助手”。这时先生到家，听到我和父亲的谈话，他说：“老婆大人，你也好好过节，厨房就交给我们吧！”然后把我从厨房推了出来，按在了沙发上。我看了看一旁看电视的母亲，脸上笑开了花。

隔着厨房的玻璃门，我看到从不下厨房的父亲手忙脚乱，先生让他负责洗菜、切菜，而先生负责烧菜。晚上，一桌子的菜，有母亲喜欢吃的红烧肉，有我爱吃的酸菜鱼，还有女儿爱吃的糖醋排骨，荤素搭配，散发出阵阵诱人的香味。父亲举杯祝我们节日快乐，先生也马上说："祝我们家的大小美女天天开心！"这时，门铃响了，原来快递员送来了两束鲜花，母亲虽然说着买花浪费钱，却马上抱着花拍照发了朋友圈，她的老姐妹们纷纷羡慕地给她点赞，母亲幸福的模样，让大家开心不已。

饭后，父亲在家庭群里发了红包，先生见状马上也跟着发了红包，然后私聊又发了我"520"，他说父亲是榜样，他可不能做得不到位。一旁的女儿也加入了发红包的队伍，她发了 90 元，是她的稿费，我和母亲抱着她亲亲，直夸她孝顺。

最后，我们一家人出门散步，父亲陪着母亲去公园跳广场舞，我们则选择在湖边散步，约好 9 点去公园集合回家。我们走到湖边，发现春天来了，柳树发芽，嫩嫩的绿芽让人欢喜，柳树迎风摇曳的身姿，似江南的女子婀娜多姿。微风吹拂湖面，在路灯的照射下波光粼粼，让人挪不开眼。我们有说有笑，到公园集合时，看到跳累的母亲走到等她的父亲面前，父亲马上给她递上擦汗的毛巾，然后拧开水壶让母亲喝水。过马路时，父亲拉起了母亲的手，看着他们白发苍苍的样子，觉得岁月虽无情但父母感情依旧让人羡慕。

三八妇女节的仪式感不仅是一顿美味的晚餐、一束鲜花或是一个红包，它更是一种心灵的交流，一种情感的寄托。它告诉我们：在这个世界上，总会有人愿意为你付出时间和心思，愿意为你创造美好的回忆。

生活的仪式感就像是一场美妙的交响乐，它不仅在于音乐的旋律和节奏，更在于演奏者和听众之间的心灵共鸣。心存仪式感，才是生活的高配。因为在这个喧嚣的世界里，我们需要这样一种仪式感来提醒自己：生活不仅是活着，更是要活得有意义、有价值、有温度。

幸福年终奖

除夕，是中国人重要的日子之一。中国人的年夜饭是家人的团圆聚餐，是一年里重要的一顿晚餐，不论离家多远，不论使用什么交通工具，在外的游子都会赶回家与家人吃年夜饭，相聚在一起，过个开开心心的年。

每逢过年的时候，注重仪式感的母亲都会准备丰盛美味的年夜饭。母亲注重荤素冷热搭配，注重营养和颜色搭配，她做的 18 碗菜不仅有喜庆的菜名，而且色彩斑斓，让人垂涎欲滴，可谓色香味俱佳。她会在前几天就开始准备，写菜单，去菜场采购，十分忙碌。

除夕夜，看着大圆桌上摆得满满当当的美味佳肴，一家人坐在桌前，吃着美食，谈笑风生，母亲脸上就会露出开心的笑容。如今母亲年纪大了，手经常疼。看着她每次这么辛苦，我和先生商量，今年的年夜饭就去酒店吃。

母亲一向节约，如果跟她直接说去酒店过年，她肯定会说在家更实惠、更喜庆。我开始寻思，怎么把去店里吃年夜饭说得很“便宜”，让她老人家不心疼呢？

这时，好朋友婷打来电话抱怨说：“公司太坑人，今年年终奖变成了护肤品，而不是现金，变相把产品卖给员工……”

听着朋友的吐槽，我灵机一动，有了主意。

下班回家路过酒店，订好年夜饭并向经理要了张餐券，一进门，我学着好朋友刚才委屈抱怨的样子，把酒店年夜饭的餐券扔到桌上说："妈妈，这个年我们只能去酒店过了。单位效益不好，年终奖没了，只发了这个券。"母亲看我心情不好，就像哄三岁孩子一般走过来说："哎呀，年夜饭去饭店吃也好，人多热闹。不过，我会做年夜饭，你试着把这个卖给别人看看？"我忙说："这餐券公司说了不能卖的，我们别浪费了，去酒店吃年夜饭吧。"母亲点头答应了。

大年三十，母亲穿上了我给她买的新衣服。我还带母亲做了个头发，父亲直夸母亲今天真美，母亲竟然害羞地笑了。晚上，我们一家人在酒店过了个快乐的新年，母亲再也不用在厨房里忙碌了，她快乐地享受服务员的服务，看着她开心的笑，我决定以后的年都要在酒店过。

其实，我更希望能永远陪伴在她身边，与她一同分享每一个平凡而美好的瞬间。这个世界上，最美好的风景就是家人的笑容和团聚的时光。

我的父亲我来宠

父亲的身体一直硬朗，但自从母亲离世后，他常常沉浸在对往昔岁月的缅怀中，夜夜难眠。渐渐地，他健康状况下滑。忧心忡忡的我赶紧带他去医院进行全身检查，结果令人震惊！医生诊断出他患有晚期癌症，这突如其来的噩耗让我们全家陷入了深深的悲痛之中。

父亲一直很宠爱我，他是我的依靠。如今，看着他日益消瘦，我总在想怎么能让父亲开心一点。

父亲喜欢旅游，从小就听他说，他 10 多岁就独自坐火车去过很多城市旅游。每次他说起旅游时的见闻，我总能感受到父亲的快乐！我想既然医生都无力诊治，我请假带他去旅游吧。可是学医的弟弟知道了，他说父亲要吃中药调理，怕他身体虚弱，不赞成他去旅游。

我下班回到家，发现父亲情绪低落，我马上问："老爸，你今天不开心吗？"父亲说："我想去海南看南海观音。"弟弟马上说："老爸，哪里都能拜佛，海南你以前也去过。你的病情需要在家好好休息，配合吃中药调理。"父亲说："那可不一样，我就是想去。"

晚上，父亲睡着，我召开了家庭会议。弟弟担心父亲的身体，怕他外出有什么闪失，而我却觉得旅游时，我会照顾好老爸，只要他心情好，身体也会好。我会把中药带上，按时让老爸吃，行程也会很宽松。弟弟见我坚持就同意了。第二天，我去单位请了假买好机票，就带着父亲来到了海南。

父亲体力不行，我们坐景区观光车，当我扶着父亲来到南海观音面前时，父亲的眼中满是欢喜，他说："那年，你妈妈跟我来过这里呢！"然后他虔诚地双手合十许下心愿。父亲说："希望女儿儿子身体健康！"我听得眼眶湿润。我知道父亲喜欢到哪都要拍照作为"到此一游"的纪念，我一路给他拍照，发在家庭群里，亲戚朋友和家人们都夸他帅气，父亲开心地大笑。父亲想吃素斋，我带他去，看着父亲吃得很开心，我也跟着高兴。

回来的路上，父亲一直说司机开车太慢。我说："是啊，我老爸的开车技术好，你记不记得有一次在盘山公路开车，你开得快，我吓得喊救命了！"父亲说："是啊，你胆子小啊，我技术好，没问题的。"我说："老爸，你那天是故意开得那么快的吧？"父亲哈哈大笑说："哈哈，逗我女儿最开心啦！"看到父亲开心得像个孩子，我觉得我宠着父亲，带他出来是对的。

我记得小时候，流行开木板滑轮车，而我却没有，我多么想要一辆这样的小车子。父亲知道我的心思，他说会给我一个惊喜，我半信半疑，我知道铁环、弹弓、射水筒这些玩具，手巧的父亲都能办到，但这个滑轮车制作可不容易，关键是滑轮，只有机械厂才有，很难买到。

但父亲第二天就买到了滑轮，听母亲说父亲托了很多人才买到的。只见父亲用木棒支起小轴承当后面的车轴，木板做车厢，大轴承做车头，组装起了一辆木板滑轮车。第三天，我放学回家，我的木板滑轮车就做好了！我开心得猛亲父亲。父亲让我坐在滑轮车上，他在后面推我前进，我玩得乐此不疲。有了木板滑轮车后，同学们羡慕我有车子，每天来家里，大家一起在院子的水泥地上轮流玩车子。虽然，那辆木板滑轮车做工粗陋，却是我最钟爱的，因为它盛载着父亲满满的爱。

在我的记忆里，只要父亲在身边，无论梦想多大或多小，他总会不遗余力地帮我实现。而今，岁月已为父亲添上皱纹，疾病也悄然侵袭他的身体，我尽我所能，带给他欢笑和快乐，努力帮他完成每一个微小的心愿。

曾经，父亲用他的爱宠溺着我；如今，换我用同样的爱呵护他的晚年。

蒲扇轻摇慢时光

带着孩子们去中国扇博物馆的那一刻，我被眼前琳琅满目的扇子深深吸引。各式各样的扇子如缤纷的繁花，绽放在这小小的空间里。有蒲扇、纸扇、罗扇、绢扇、蝉翼扇、碧纱扇、牛骨扇……每把扇子都做得精致无比。这些扇子被做成了各种礼品、装饰品、珍藏品，静静等待时光的品鉴。

然而，在这万千扇子之中，我唯独对那把蒲扇情有独钟。它让我想起儿时，母亲手中那把摇动的蒲扇以及那段悠远而温暖的回忆。

母亲的蒲扇，是集市上买的，价格便宜。手巧的母亲选了她喜欢的小花布，用针线顺着竹篾丝扎的边，镶了边圈。母亲说这样蒲扇会更牢固耐用。母亲这把独一无二的蒲扇，是生活中不能缺少的物品。当她生火做饭时，这把扇子是扇风生火的工具；当酷暑难耐时，这把扇子就给我们带来阵阵凉风，当然，它也是驱赶蚊子的神器。

那时的夏天，家里没有风扇和空调。三伏天的时候，我们最喜欢在夜晚时分，一家人把席子铺在院子里躺着乘凉。当月光朦朦胧胧倾洒在院子里，星星一闪一闪地眨着眼睛，母亲一边轻轻地摇着蒲扇，一边温柔地给我们讲故事，什么嫦娥奔月、月兔捣药、梁山伯与祝英台，母亲都会讲得绘声绘色，令我们百听不厌。有时，母亲讲累了，我和弟弟便一人拿一把蒲扇，给母亲扇风。母亲这时总是调皮地跟我们做游戏，她说“微风来了”，我们便轻轻地摇扇；她说“龙卷风来了”，我们便使出最大力气给她扇风。母亲总是开心地说：“我是最幸福的妈妈，你们对我太好了！”说完，便抱着我们亲亲。那时的小院，有了蒲扇，有了母亲，有了故事，欢乐声飘荡在空中，如天上的星星熠熠发光！

玩累了，到了睡觉时间，母亲会一边给我们摇蒲扇，一边轻轻地拍我和弟弟的后背。我和弟弟总有说不完的话。夜深了，母亲便会唱着歌儿哄着我们入睡，母亲的歌声，伴着轻轻柔柔的微风，我们很快进入了梦乡。

后来，家里经济条件好了，我们有了电风扇，后来又买了空调，蒲扇便慢慢不用了。但母亲的这把蒲扇我保留至今，每当我轻摇蒲扇时，仿佛又回到了那个温馨而美好的夏夜，听到了母亲温柔的声音，感受到了她深深的爱意。

如今，我已长大成人，而母亲也已白发苍苍，但那把蒲扇所承载的记忆和情感，则永远铭刻在我的心中。它不仅是一把扇子，更是一段美好的回忆，一份深深的母爱。每当我看到它，我都会想起那个温暖的夏夜，想起母亲那慈祥的笑容和温柔的话语。

劳动节是堂家风课

时光荏苒，岁月如梭。又是一年五一劳动节，红旗招展，欢声笑语。此刻，我的思绪飘回了遥远的童年，那时的五一劳动节，对我而言，不仅是节日，更是对勤劳品质最深刻的启蒙。

勤劳的家风伴着清晨微风徐徐吹入我们家的院落。五一节假期，母亲一早拆窗帘窗纱，换洗床单被套，橱柜里的锅碗瓢盆全部搬到院子里，她招呼我和父亲一起帮忙。母亲让我负责跟她洗床单被套，洗锅碗瓢盆，而父亲负责洗纱窗。母亲说："只有勤劳才能致富，懒汉穷三代。"

干完这些活，院子里已晒得满满当当，母亲又招呼我们进屋大扫除。父亲力气大，负责拖地，母亲擦窗户，我负责整理房间。晚上，大家坐在一起，看着屋里屋外，干净清爽，虽然人很累，但是特别有成就感。母亲让我明白了劳动的意义，劳动是通过勤劳的双手，与家人一起分担家务和劳动任务，共同建设我们的小家。

第二天母亲带着我去地里插秧。只见母亲把秧苗轻轻地拔起来，然后一把一把扎起来，我也学着母亲的样子扎秧苗。等所有秧苗扎好后，母亲说："接下来我们要插秧。插秧很简单，把秧苗直接插上就行。"我插秧动作很快，可没过多久，我的腰就开始痛得直不起来，腿也不听使唤，挪不开步子。妈妈看出我累了，就对我说："你累了就休息吧，以后你要好好读书，下地干活可不轻松呢！"我看着汗湿透了衣服的母亲，瞬间明白了母亲的一番苦心，她不仅让我知道农业耕作的辛苦，更让我明白农家的孩子只有努力读书才能改变命运，我要为了自己的人生而努力。

母亲一直是我们家勤劳家风的典范，即使身体欠佳，她依然坚持劳动，仿佛只有汗水才能让她感到快乐。今年五一节，我带着女儿和母亲一起劳动。在母亲的菜园里，我们锄草、施肥、剪枝、松土，每一刻都充满了温馨和欢乐。女儿也在这一过程中体验到了劳动的快乐，她理解了劳动是生活与希望的源泉。

这个五一节，我们过了一个真正意义上的劳动节。我们不仅仅是在庆祝节日，更是在传承勤劳的家风。劳动是最光荣的，是最能体现人生价值的事情。这个信念，我将继续传承给我的女儿，让勤劳的家风代代相传。

母爱是无法言说的爱

在这个科技发展瞬息万变的时代，新技术给生活带来的改变一波接着一波，而母亲，却以她独特的方式，在这浪潮中奋力追逐，只为与我紧密相连。

自从母亲用上了智能手机，我手把手教母亲学会用各种软件后，母亲与我的联结又变得紧密起来。加班回家发了朋友圈，“夜已深，我终于下班了”，不一会儿就接到了母亲的电话。我开车没接电话，母亲便一个劲儿地打，我心想难道母亲有急事，于是将车停在路边接母亲的电话。原来是母亲看到了我的朋友圈，她心疼地说：“你还没到家吗？工作做不完的，你要保护好身体啊！”我马上说：“还在路上，马上快到家了。”她一听马上说：“那我挂了，你路上注意安全，到家马上睡觉。”我赶忙回复：“好的。”

第二天下班回家，母亲便给我做了爱吃的红烧肉，说我加班辛苦要补补身体。后来，我在朋友圈报喜不报忧，给母亲展现幸福健康快乐的生活，生怕母亲再次为我担心。

秋天天气微凉，爱漂亮的我还是短裙光腿出门，和朋友一起游玩晒美照发朋友圈。母亲第一时间给我点了赞，但下一秒母亲就发微信给我，跟我说：“你都当妈妈了，要保护好你的腿，不要受凉。”我说：“没事呢，大家都这么打扮。”母亲说这样可不行，我答应母亲下次不穿了，母亲才结束话题。

于是后来的几天，母亲时常发我各种养生帖，还时不时让我认真阅读，生怕我不爱惜身体。看着各种文章，我觉得母亲有点儿兴师动众但又理解母亲，这是她爱我的方式。

周末带着女儿回去看母亲，母亲仍旧做了一桌的好菜。准备开吃，母亲说："先让我拍个照。"于是站在椅子上拍，蹲下来拍，让我们一起举杯拍，我和女儿狼吞虎咽时的模样也被她拍了。终于凑好了九宫格发圈后，母亲才心满意足地吃饭，还不忘让我们马上给她点个赞。

饭后，母亲又问我："女儿，那个小红书怎么下载？"我说："老妈，你不用这么与时俱进，老年人不用什么都会的。"母亲说："你嫁人后，工作忙，有时也没有时间和我交流，我跟着你一起玩这些，就能知晓我女儿的生活了。"我听完眼眶湿润，内心愧疚。我一直觉得长大后要学会独立，喜欢报喜不报忧的我一直想着不让母亲担忧，也尽量不跟母亲倾诉内心的苦楚，而是在社交媒体上找情绪的出口。而我的母亲依然如小时候一样担心我，于是她用自己的方式要融入我，跟着我使用这些工具，她要在里面找到一丝丝关于我喜怒哀乐的痕迹。

是啊，我初中时玩 QQ，她也让我给她申请账号，还学会了在 QQ 空间发照片。后来我用微博，她也跟着用，现在她用微信朋友圈。她一直跟着我转战各个平台，好友列表里关注的第一个人便是我，我的聊天记录也是置顶聊天。天气不好，流感到来时，她会第一时间告诉我，而我却总是觉得母亲像 502 胶水一样。现在虽然我已成为人母，但在母亲的眼里，我还是她长不大的女儿。

董宝平说：“母爱是世间最真挚的爱。”母亲的爱像春日的阳光，温暖恒久。母亲像宽广的海洋，给予我无限的爱。

晒出幸福的味道

谚语云："六月六，晒大伏。"六月"梅雨"一过，阳光高照，马上就进入了高温期，人们便赶紧利用炽热的阳光，曝晒家中的棉衣被褥和换了季的衣服，名为"晒伏"。"伏"就是伏天，这样的日子里晒伏，可以去湿去潮，防蛀防霉。

小时候晒伏，一大早母亲就招呼我整理房间，而父亲则在院里拉绳子，只见他把粗粗的麻绳从院子里的这边拉到另外一边，母亲忙着打扫院子，而我则从屋里把竹席拿出来，摊在院子的水泥地上。

母亲从衣柜里拿出了被子、被套、衣服晾在绳子上。父亲则搬出了母亲陪嫁的红色大箱子，里面满是红红绿绿的被套、枕套、衣物。母亲打开箱子，用手抚摸着里面的衣物，回忆起她与父亲刚结婚的日子。虽然这些物品不再使用，但每年父亲都会给母亲搬出来晒晒。这些物品都是他们爱的记忆。

母亲又吩咐父亲把厨房里的干货拿出来晒晒，笋干、莴笋干、萝卜干，还有各种自制的花茶，金银花、玫瑰花，母亲说晒晒味道更好，保存的时间会更长。

而我喜欢把书拿出来放在竹席上晒，一边晒书一边翻书，看看哪些书已看过，哪些书书页破了，也趁机修补一下，有时我干脆直接躺在竹席上抱着书一起晒，阳光温暖，书页在风的吹拂下哗啦啦响，我听了分外舒心。

古人也喜欢晒伏。相传乾隆皇帝南巡，每次都要到扬州。有一天他到扬州南郊游玩，突然间狂风暴雨，因没带雨具便淋成了“落汤鸡”。当他匆匆忙忙赶到一座寺庙躲雨时，偏偏又雨过天晴了。衣服淋湿可以借寺僧或是其他百姓的衣服临时替换一下，但帝王岂能穿百姓的衣服呢？乾隆只好在寺庙里将外衣脱下，等到晒干了再穿。正好这天是六月六，此事传开后，民间便有了“六月六，晒龙袍”的故事。

中午，母亲便招呼我去院子里给被子、枕头翻个面，水泥地的阵阵热气直冲脚底，我和母亲给衣服翻好面都汗流浃背了。夕阳西下，我们又开始把院中的衣物搬回房间。我是母亲的小帮手，母亲负责把被子、枕头放进衣柜，而我则在一旁折叠衣服。满屋里都是太阳的味道，晚上睡觉被子透着阵阵芳香，我很自豪，也深深体会到为家庭勤劳付出也是一种幸福。

母亲的勤劳一直影响着我，我也在三伏天让家人一起晒伏。当看到先生和女儿在院中忙碌的身影，我感慨万千，那衣物里阳光的味道，便是幸福的味道！

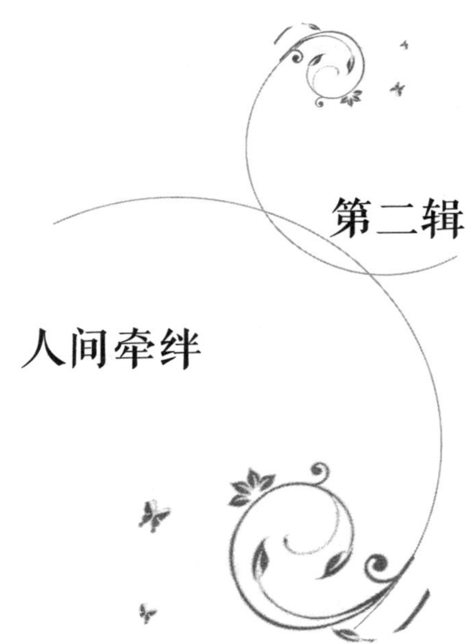

第二辑

人间牵绊

温暖邻里情

小时候，家中的院落总洋溢着一种淳朴而温馨的气息。每当家里来了客人，母亲便在厨房里忙碌起来，那熟悉的炒菜声伴随着锅铲的翻炒声，成为家中特有的旋律。然而，有一次，当母亲发现陈醋已尽，她并未停下手中的活计，只是轻声吩咐我："去隔壁王阿姨家借瓶陈醋来。"

于是我一溜烟跑进王阿姨的小院，跟她说了后，王阿姨马上把陈醋给我。母亲用好陈醋后让我还回去，还回去的时候，母亲会让我给王阿姨家送几个她亲手做的豇豆饼，王阿姨接过陈醋，看到我手中的豇豆饼，眼中闪过一丝惊喜，她笑着接过饼，尝了一口后连声夸赞母亲的手艺。

到了农忙时节，家里的镰刀、锄头、犁耙，左邻右舍会经常相互借用，用完会一一归还。如果谁家里养了头牛的话，那牛简直成了香饽饽，你家借完牛后我家马上来借。当然邻居们也把牛当成宝贝，给它买最好的饲料喂它，还去采新鲜的草料喂养它。当它干完活回来身上沾满了泥巴，邻居们就把牛牵到小河边给它洗澡，干净地还给它的主人。

我们家的自留地特别多，父亲和母亲在盘算这么多地光靠他们两个人干不完怎么办，这时候左邻右舍的邻居来我家商量，干脆一起干。今天我家帮你家插秧、灌水，后天你家来帮我家拔秧。到了收割的时候，大家也一起互相帮忙割稻谷。

到了晒稻谷的时候，我家的院子很大，邻居们也会轮流来我家晒稻谷。母亲总会每天帮忙翻稻谷，很多次我都看着她后背被汗水湿透，但母亲从没有怨言。有时雷雨突然来临，我和母亲便迅速把稻谷装进袋子里，这时邻居们也会赶来帮忙，看着院子里大家手脚麻利地在大雨来前把稻谷都搬进了屋，大家都很开心，这时母亲便会让邻居品尝她亲手制作的茶，还有自家种的西瓜。屋外大雨倾盆，屋内大家聊着今年的收成，家长里短，一片欢声笑语。

当年我家办喜事，摆了 20 多桌酒席。左邻右舍更像一家人，到邻居家借个桌子、椅子、盘子，不用我们亲自去搬，过一会儿他们就自动送家里了。办喜事的时候家里缺人手，左邻右舍也会来帮忙。会做菜的帮忙做菜，不会做菜的就帮着洗菜、洗碗，男人们忙着搬圆桌、摆椅子。而小朋友们看大人忙，也会帮忙洗菜、铺桌布、放碗碟。等喜事结束，大家各自清理物品带回家。这时，母亲会给邻居们准备一个红袋子，红袋子里放着鸡蛋、红包和糖果表示感谢。

如今，我已离开家乡，却会时常想起家乡的左邻右舍，想起那温暖的邻里情。我住在高楼大厦里，邻里关系时常是淡漠的，但我总会学着母亲那样，把先生种的菜送给左邻右舍，把老家的特产给大家尝尝。有时，邻居没时间管孩子，我也会帮忙让孩子来我家玩。就这样，我们这幢楼的居民关系越来越融洽。

或许，这就是邻里间的情谊吧——虽不常言，却深埋心底；虽不常见，却温暖如昔。

等待孩子“花开”

春回大地，万物复苏。女儿眼中闪烁着对公园的向往，手中紧握着新买的风筝，渴望在蓝天下放飞自己的梦想。我让女儿先完成作业，答应她 10 点出门，结果 11 点女儿还没做完作业，我进房一看，她还在看课外书，我生气得没收了她的课外书，跟她说：“再不写完，妈妈不再带你去放风筝了！”女儿听完后就“哇”一声哭了，边哭边说：“妈妈说话不算话，说好带我去的，我新风筝都买好了。”我生气地说：“你做作业磨蹭，说好 10 点出门，你看看现在几点了？”“你走！”女儿生气地把我推出了房门。女儿的眼眶泛红，泪水在眼眶里打转。她的话语中透露出对我言而无信的不满和失望。

我也生气地来阳台上透透气，一眼望去柳树发芽，樱花、海棠、梨花已姹紫嫣红，万般娇嫩艳丽。低头一看，昨日还枝头繁盛的樱花，今日已掉落一地，一阵风吹来，花瓣雨直下，漫天飞舞似雪花一样飘落，我莫名惆怅一阵怜惜，这么快就花谢了。忽然想到，花开花落自有时，花有花期，即使花期短，但它也绚丽地绽放。而我教育女儿的过程中，是否也应该更加耐心呢？想到这里，我决定改变自己的态度。

想到这儿，我偷偷地打开女儿房门，她正在奋笔疾书，我轻轻地关上了门。不一会儿，女儿拿着作业本让我签字，我边签边说："舜，妈妈前面脾气不好，说话语气重了，你不要生气，妈妈只是想你快点做好作业，这样节省出时间去外面放风筝。"听我说完，女儿抱着我说："妈妈，我也不对，我不应该三心二意，要集中注意力写作业才行。"我说："舜，知道错在哪里就好了，那以后不能这样了噢。喜欢看课外书是好事，妈妈也喜欢看书，我们要把时间分配好，这样看书、写作业都不耽误了。"

女儿听完开心地去整理书包，然后我们开心地去公园放风筝。看着女儿在奔跑中绽放的笑脸，我心中充满了满足和幸福。那一刻，我深深地感受到，作为母亲，不应该只期待女儿成为花中牡丹，而是她能够健康快乐地成长，绽放出属于自己的光彩。

回家后，我们制定了每天放学回家做作业的时间表，按时完成作业，我就会奖励小红花，女儿会开心地贴在时间表里。经过一个月的努力，女儿现在做作业效率更高了，改掉了磨蹭的毛病。她节省出来的时间，我们一起画画、讲故事、唱歌、跳舞、看书，我和女儿的关系也更融洽了。

作为母亲，我时常希望自己的孩子是花中牡丹，但等待开花的过程里，需要学会耐心、坚持、用心呵护。和女儿一起等待花开，无论等待的时间多么漫长，只要父母相信，一定会等到花绽放的那一天，因为每朵花都有各自的花期，值得我们等待和珍惜。

热爱可抵岁月长

告别白天烦琐的工作，我很喜欢在静静的夜里，指尖敲打键盘。虽然工作忙碌，但我还是挤出时间写作。家人觉得工作这么辛苦，难得休息的我还在书桌前写文章，经常劝我不要写了。尽管利用休息时间写作很辛苦，但这是我热爱的事情，我就激情满怀，用所有的热忱和执着来写作。

热爱是内心的纯粹喜欢，始终追随本心。我想到了我的朋友珊。她喜欢音乐，工作之余就忙着歌曲创作。当她迷上了葫芦丝，她就潜心钻研，出门也要随身携带乐器，每天只要有空就会找安静的角落练习。她时常出差，会在候车室找到适合练习乐器的地方练习。当她吹奏出自己喜欢的歌曲时，她激动得热泪盈眶，后来还开了自己的小型音乐会，看着舞台上闪闪发光的她，我感动不已。可见，生命的价值在热爱中闪光。只有热爱，才能将苦难化为斗志；只有热爱，才能将平庸化为精彩！

心有所爱，哪怕深陷泥沼时，也依然可以仰望星空。画家孔龙震原来是集装箱货车司机。有一天，开车刹车失灵，他疯狂地按喇叭，咬着牙抱着方向盘，侥幸生还。他突然觉得人生必须做点什么。他想起他从小喜欢画画，便开始画画。他克服生活的种种艰辛，坚持在跑长途的间隙，在狭小的货车驾驶室内，把生活的辛酸和无奈变成独特的画作。热爱是他的精神食粮，他用10年时间，逐渐成为一名职业画家。他的坚持不懈让他活成了一束光，成为自己想成为的模样。

有人说："最高级的自律是来自内心真正的热爱。"凡是热爱，皆是专注，一路前行。在纪录片《无尽攀登》里，无腿登山家夏伯渝对攀登珠穆朗玛峰执着的热爱，着实震撼着我。他身患癌症靠着双腿假肢和抗凝血药一往无前，攀登在大雪覆盖的山坡上，行走在重峦叠嶂的山峰中，在43年的不懈坚持与热爱中，五次向珠峰发起挑战。从年轻时为救助队友失去双腿，到后来遭遇雪崩、暴风雪和身患癌症，遇到种种挫折都没有动摇他坚定的信念，最终在69岁时成功登顶。一双假肢在8848米高度的雪地上印出深深的脚印，也刻印了那份对攀登珠峰的热爱。

花不可无蝶，山不可无泉，人不能没有热爱。唯有热爱，才有动力前行，成全自己，圆满自己。正如屈子那般"亦余心之所善兮，虽九死其犹未悔"。库尔茨曾说："谁能以深刻的内容充实每个瞬间，谁就是在无限地延长自己的生命。"当你开始真正热爱生活时，生活才会真正热爱你。

在成名背后的寂寥时光中的坚持和执着，才是这些朝圣者闪现出的光辉。不被外界迷惑，坚持热爱，笑对时光。唯有热爱，可抵漫长岁月，唯有热爱，才能砥砺前行。唯有热爱，才能让生命奋斗不息，即使在不确定的世界中，也笃定前行。由此，我想到了汪曾祺的那句话："浮生若梦，岁月匆匆，唯有爱着点什么，人生才不会黯淡无光。"

桃园深处桃花香

“去年今日此门中，人面桃花相映红。人面不知何处去，桃花依旧笑春风。”又是一年春，是桃花盛开的季节，一朵朵桃花红艳似火，粉嫩如霞，洁白如玉。难怪雪小禅在《世有桃花》中写道：“所有花草中，唯有桃花，担得起妩媚曼妙这四个字。”只见那一朵朵桃花随风摇曳，娇艳动人，淡淡香气，美得让人心动，不经意间就撩起你内心的美好，令我想起父亲的桃园。

父亲的桃园里种满了桃树。桃花香气扑鼻，这香气里，有泥土的气息，有岁月的痕迹，更有父亲辛勤汗水的味道。我深吸一口气，仿佛整个身体都被净化了，那些日常的烦恼和尘嚣都随之散去。在那密集的花丛中，偶尔可以看到几只蜜蜂忙碌的身影。它们或飞或停，或俯或仰，贪婪地吮吸着每一滴甘甜的花蜜。它们的劳作声，就像是春天的低语，诉说着生命的勤劳与不息。

桃园从春天开始忙，父亲常常披星戴月亲手打理桃园，施肥、控梢促花、锄草、深翻树盘、整形剪枝、清洁果园，春夏秋冬，与桃园有着深厚的感情。

春天的时候，父亲不仅要裁剪枝叶，还要将桃园里的野草拔掉。桃子好生虫，为了防止桃子进虫，半个月到一个月就要打一次药。喷雾器很重，树木很多，父亲常常干得汗流浃背。父亲身体不太好，炎热的夏天，他仍以韧力和耐力在桃园劳作。冬天的时候，父亲会把桃树枝叶全部裁剪掉，以便让它明年长得更茂盛。他将桃园所有的土翻开，给桃树施肥，给枝干涂白防治病虫危害。在父亲的眼里，桃园不是简单的桃园，是他的年华过往，是一种生命维系。父亲对亲手打理桃园有深厚的感情。

父亲在桃子丰收时会把最大最甜的桃子留给我，他还会将桃子送给左邻右舍。有村民也要种植桃子，父亲会选择最好的桃苗给他们送过去。父亲还会手把手地教，从耕地、下肥到整垄、栽种、防虫治病。不出两年村里已满是桃树，满村的桃花美不胜收。

自从父亲生病住我家后，父亲总是喜欢去公园的桃树下坐坐，回家常常唉声叹气，我看在眼里急在心里。父亲离开家乡便把桃园交给大伯伯管理，于是我跟物业和大伯伯商量好，让在老家的伯伯把桃园里的树移栽到我家楼下，这样父亲也会开心一点。

当老家的桃树从货车上移栽到小区里，我的父亲似乎看到了自己的老朋友一样，每天开心快乐地去照顾桃树，每天吃饭时三句离不开他的桃树。看着父亲快乐的样子，我和先生都觉得自己的做法是对的。

“风回小院庭芜绿，柳眼春相续。”夕阳洒落在父亲的身上，拉长了他的身影。我回头望去，桃花在余晖中更显得柔美而宁静。或许不久之后它们就会凋零，但在我心中，它们的美丽永远不会褪色。我相信，无论岁月如何流转，父亲的桃园，已成为父亲心中永远的牵挂和回忆。而我们，也将继续传承他的精神，守护这片土地和这份美好。

最灿烂的野性之花

在生活的漫长旅程中，我们总会遇到一些光彩照人的人生。他们或是我们身边的人，或是我们在书中读到的故事，或是我们在电影中看到的影像。这些人的人生，就像是一朵朵盛开的野性之花，尽管有时会有风有雨，甚至有挫折有痛苦，但他们都以最坚强的姿态绽放出最美丽的花朵。

我的姐姐，从小读书就特别用功，印象中她高中除了在学校，在家时几乎都没出过门，天天在家学习，书桌上摆满了课本、卷子和各种资料。高考没发挥好，被第二志愿大学录取。不服输的她在大学特别努力，在班里当班长，在学生会当干部，帮老师做事情，参加校内各种比赛，拿国家奖学金，还考了各种证书。姐姐大四保研，同时拿到了工作机会，但她选择读研。她每天都忙着做实验、写论文……后来硕博连读。博士毕业，她因为表现好留校工作，她也是这一届毕业生里唯一有机会留校的。

她用了十年的时间从父辈都是农民的小村子一路走到大城市站稳脚跟。如今拿着大城市户口，有稳定的工作，还和博士男友谈着甜蜜的恋爱，妥妥的人生赢家，也成了村里人茶余饭后教育孩子的榜样。她的每一步都坚定且认真地往前走着，过往辛苦皆是为了给自己人生交最完美的答卷。

马尔克斯在《霍乱时期的爱情》里讲了一位年轻人在20岁爱上了女孩，但女孩的父亲不同意拆散了他们。在70岁时，他们见面后决定重新在一起。小说结尾时他们心里发出了一生一世的誓言。卢梭曾说："人生而自由，但无处不戴着枷锁。"而这个故事却可以说成："人生而戴着枷锁，但无处不存在自由。"他们分手52年后，在70岁高龄终于又走在一起，让我感受到他们脱离常规的爱情，开放出最绚丽的野性之花。

那些不完美的人生，似乎有一束不一样的光。想起电影《阿甘正传》中的主人公阿甘，他因小时候脊椎问题戴上禁锢双脚的脚撑，走路摇摇晃晃的他经常遭到小伙伴的欺负。他们朝着他扔石头，他一瘸一拐地拼命向前奔跑，越跑越快，慌乱中他跑进了球场，如同闪电般的速度让整个球场都为之震惊，阿甘最终成为橄榄球运动员。阿甘无畏困难，拼命向前奔跑的样子，让我看到了他灿烂光明的生活。

即使不完美的人生，也有光透出来。我的姐姐婷，《霍乱时期的爱情里》的男女主人公，电影里的阿甘，他们都用尽全力奔赴自己的人生，终将最美的样子展现在人们面前，让我看到了生命中的那最灿烂的野性之花。

揉出一点慵懒的花香

那天去花店买花，看到粉色的花朵，带着一抹羞涩的胭脂，有种朦胧的意境。花色多样，有白的、紫的、红的、黄色，花瓣薄如蝉翼，像一只蝴蝶在翩翩起舞。店家告诉我这叫古代稀，也是送春花。她是花中的小懒妹，总是在春天要结束了才开花。整朵花儿温暖柔嫩，彼此折叠安抚，花叶呈扁椭圆形，互生交叉，像波浪蕾丝边，闪着华丽锦缎般的光泽。整朵花像娇羞的少女一样，寸寸温柔，像古代女子慢慢地探出头，一股子的中国美，着实让人看了欢喜。如诗里所说："一点春心在，何须要人陪。"当其他花在春天百花斗艳，她却懒洋洋地慢慢生长，当所有花都谢幕，她却独自绽放。

我的好朋友婷，生活富裕，收入不菲。可每次跟她见面，她总是风尘仆仆，面色憔悴，没时间谈情说爱，晚饭时常吃外卖，生活忙碌又紧绷。直到她生了一场大病，她才停下忙碌的脚步。大病初愈后，再见她，整个人神采奕奕。原来，经历了身体的重病，抛却忙碌的工作，她学会了松弛，带着一丝慵懒把大把的时间花费在自家的小院里，她会用铁锹松土，然后用手挖出小坑，一一撒下花籽，再轻柔地盖上土。每天给花儿浇水施肥，静静地等一片花海。当院子里的月季开放，她就给花儿拍照，留下满屏芬芳。她变成了一个明媚的懒人，慵懒也成了她生活的底色，生活却因此愈发有光彩。

现代人懂得寻找慵懒生活，古代也不例外，尤以杜甫为甚。他的懒是浑然不管门外之事，当他来到成都卜居西郭外的浣花溪畔，看着春光将尽，他在长满苍苔的林子中，静静地饮上几杯浊酒。对着松风乘着凉，聆听溪畔深处传来渔歌声，弄弦弹琴，恬淡闲适何其洒脱。

杜甫来去无意，他终日粗茶淡饭，在院子里修篱种菊，一张琴，一壶酒，一朵云，兀立于花丛，细雨时煮茶，素手弄花，诗酒赋年华，以闲懒的姿态，自得其乐。因此写下了“懒慢无堪不出村，呼儿日在掩柴门。苍苔浊酒林中静，碧水春风野外昏”的绝句。杜甫的懒生活，是他度过失意人生的解药。

在这个喧嚣的时代，我们不妨忙里偷懒，小别那拉满未发的弓弦，享受慵懒生活中的惬意，让自己活得更从容自在。花儿小懒，独自绽放美丽；生活小懒，人生惬意恬人。偶尔小懒，恬然淡泊此生。愿你懂得偷些懒，做一个“偷得浮生半日闲”的人。

那一朵铿锵玫瑰

下班回家便冲进厨房准备给女儿做饭，女儿心疼地说："妈妈，我看你下班回来很累，我们就点外卖吧。"于是 ，我打开外卖软件，点好吃的，等着外卖员上门。

女儿做完作业问我："妈妈，外卖还没送到吗？我好饿。"我看了下订单，是啊，外卖都超时间了。于是打电话给外卖员，结果电话也打不通。我生气地想，如果再不送来，我可要给他差评了。

过了半小时，终于听到门铃声。我打开门刚想问怎么这么晚呢？结果就听到了孩子的哭声，她马上说："不好意思，雨太大了，我女儿一路都在哭，我送晚了。"看着她雨衣的水不停地滴下来，额前的头发正滴着水，孩子在后背上哭着，她一边说一边用手拍后背的孩子，我火气全消，瞬间眼眶湿润，这个母亲太不容易了！我马上跟她说："没事，你身上都湿了，孩子估计饿了，你们进屋吃点东西休息一下再走吧？"她忙摆摆手说："不用了，我还有一单，我要赶紧去送了，要不然平台要扣钱。"

我给她拿了块干毛巾，给孩子的小脸擦去了雨水。她感激地谢谢我，就闪进了电梯。看着窗外的雨水如瀑布一样倾泻而下，夹着一阵阵的春雷，我的心也揪紧了，唯盼雨下得小一点，再小一点。

上学时听过的一首歌，歌词里有一句："他说风雨中这点痛算什么，擦干泪不要问为什么。"当时我听不懂什么意思，完全没有体会到这首歌的内涵。如今我做了母亲，看着刚才的那位背着孩子的外卖员，只有经历过生活的打磨、风雨的洗礼，你才会真正明白，这句歌词包含了多少辛酸、无奈和泪水！

人生的道路不会一路鲜花盛开，一路坦途，而是要经受风吹雨打，历经艰难险阻。所有苦难都会成为我们成长的动力，所有困难都是考验我们的工具，只有经历了困难的历练，才能打磨出一身硬本领，才能应对这个纷繁复杂的社会。

我们作为母亲，要勇敢突破自己的困境，拥抱美好的世界。无论生活多苦涩，只要心中有阳光，就会一路芬芳；只要心中开满鲜花，就会满园春色。我们就像那位风雨中送外卖的母亲一样，风刮不倒，雨击不垮。只要我们不倒下，幸福就会向我们招手，快乐就会向我们走来！

静待花开守清欢

夏日，每逢周末，我都会挤一点时间去家附近的湖畔赏荷。微风吹拂，清波荡漾，朵朵荷花像坠落人间的仙女，于微风中翩翩起舞，摇曳生姿。盛开的荷花清新脱俗，带蕾的花苞娇羞欲语。伫立在荷花池边，我暂时抛却了所有的琐事和困扰，只一心一意观赏这片美丽的荷塘。那荷花丛中，一片片碧绿的荷叶，那一朵朵粉嫩的花朵，那一阵阵拂来的荷香，真是沁人心脾。在荷塘的清幽、荷花的淡雅和月色的静谧中，我仿佛荷花般进入了梦乡，心静如莲。我久久地不愿离去，静心陶醉在这美丽的风光中。

这不禁令我想起我的父亲。他曾在院子里种满了毛竹。一年后，一支支竹子破土而出，掀翻石块从地里冒出来，待浅褐色的外衣露出黄色穗子后却不再生长。父亲依旧每日伺候竹子，经常给它们施肥浇水。他常常会搬一个小凳坐在一旁，读几页书，喝几口茶，与竹子轻轻低吟，一心等待竹子的生长。一日雨后，竹子终于长了起来，披上一层浅嫩的绿意，不几日，竹子便肆意舒展在阳光中。大风吹过，它们临风起舞，后院已变成了一片竹子的海洋。美丽的竹林，既是一幅绿色的画，也是一首抒情的诗。父亲依旧会静坐在竹林中，在竹香深处，听叶梢轻吟，看日出日落。他把心沉下来感受竹子的静与动，听它们的悄悄话，就是美的感悟。

沉淀自己，更需静心。夏日晨起，我揉着惺忪的睡眼去找外婆。吱嘎一声推开房门，看见满头白发的外婆端坐于桌前，一笔一画专注地书写着，悄悄走近些，只见宣纸上的墨痕精雕细琢一般，笔意精微，气韵飘逸，力透纸背。她全神贯注沉浸在其中，我靠在一旁看云，藤蔓绕窗棂，鸟鸣戏树梢，她竟没听见我的浅笑声。过了一会，外婆终于缓缓放下笔，转身看到我，便问她写的字可好，窗外的朝霞便映上了她的脸颊。看着外婆专心写字的模样，我明白了只要保持怡然的心境，便能拥有恬静的生活。

静心等一朵花开，静心等一场成长，静心去发现那些敛去棱角的柔光。唯有静心，方能心无旁骛地守护生命中难得的清欢。

风会记得花的香

春暖花开，那繁花似锦的画卷在大自然中徐徐展开。春天，这位集万千宠爱于一身的姑娘，悄然而至，带来一片生机盎然。

樱花树下，粉色的花瓣随风飘落，宛如轻盈的蝴蝶在空中翩翩起舞。地面，被一层薄薄的粉色花轻轻覆盖，仿佛是大自然为大地披上的一层柔软轻纱。那枝头的梅花，三三两两地绽放，妖艳而明媚，吸引着路人的目光。河边的柳树，婀娜多姿，与波光粼粼的河水相映成趣，构成了一幅美丽的春日画卷。

想起秦观在《行香子·树绕村庄》里写道："树绕村庄，水满陂塘。倚东风，豪兴徜徉。小园几许，收尽春光。有桃花红，李花白，菜花黄。远远围墙，隐隐茅堂。飏青旗，流水桥旁。偶然乘兴，步过东冈。正莺儿啼，燕儿舞，蝶儿忙。"桃花、李花、菜花，黄莺、燕子、蝴蝶，那一幅春光明媚的画卷在眼前徐徐展开。

"去年今日此门中，人面桃花相映红。人面不知何处去，桃花依旧笑春风。"又是一年春，是桃花盛开的季节，一朵朵桃花红艳似火，粉嫩如霞，洁白如玉。难怪雪小禅在《世有桃花》写道："所有花草中，唯有桃花，担得起妩媚曼妙这四个字。"只见那一朵朵桃花随风摇曳，娇艳动人，淡淡香气，美得让人心动，不经意间就撩起你内心的美好。

“浅艳侔莺羽，纤条结兔丝。偏凌早春发，应诮众芳迟。”一阵风吹来，迎春花舒展着窈窕的身姿，如娇羞的少女在春天的乐曲中翩翩起舞，鹅黄的花，绿色的枝条，一丛丛、一簇簇地分散在公园，或居高临下垂挂于泉池之上，或幽居于奇石侧畔，与小桥流水和亭台楼阁形成天造地设般的搭配，显得格外美丽动人。

“山月不知心里事，水风空落眼前花。”漫步在樱花树之间，一朵朵如霞如雾的樱花迎风摇曳，三三两两的蜜蜂忙着嬉戏采蜜，尽情享受樱花盛开的喜悦。只见满树枝的花朵，细致淡雅，仿佛清新粉嫩的云霞仙子在树梢含羞微笑。一阵阵微风吹落花瓣，铺满地面，踏花而行，樱云环绕，那脚下的路便是最温柔浪漫的春日序曲。

但愿人长久，千里共惜春。一树花香一树暖，最美人间四月天。无疑是花的海洋，花的世界，朵朵春花，百媚千娇，让我不得不赞叹春天的美好。那花开醉了整个春天，是春日独有的诗意浪漫，是春天的宣言和画章。纵有千般惆怅，也顿失云天，让我们走在温暖的春日里，一路出发，一路繁花！

春天是一个充满希望和生机的季节，它让我们感受到生命的力量和美好的未来。让我们在春日的暖阳下，放下繁忙的工作和生活，去享受这份美好和宁静。徜徉在花海中，寻觅那份属于自己的春光和幸福。

怜惜一朵花

带孩子们在学校的操场边散步，发现冬日的草木都已凋零，却在满目萧条中发现有一朵红色的小花独自绽放，孩子们跟我开心地围着花儿欣赏。这时，贝贝刚要伸手去摸花儿，帆帆手疾眼快立即抓住她的手说："不许摸，眼睛看就好，要不然它会生气的。"于是，贝贝听话地缩回了手，我对帆帆点头微笑，对他的行为进行了赞许。

怜惜一朵花之人，让我想到了文学家王尔德，他路过花店，进去后不买花却要店员从橱窗里取出一些花来。店员不解地问为什么，他说这么多花在一起，太挤了，他心疼它们被挤坏，想让它们放轻松一点。王尔德这么诗意浪漫的举动，说明他是懂花并怜惜花之人，这是一种难得的怜悯之心。

在《红楼梦》中有"黛玉葬花"经典的场景，黛玉怜惜花，认为花落以后，埋在土里干净，也就是书中所说的"花冢"。黛玉写了一首《葬花吟》，用花来比喻自己，王立平把这首《葬花吟》谱好曲子，成为一首绝唱。那首"花谢花飞花满天，红消香断有谁怜？游丝软系飘春榭，落絮轻沾扑绣帘……"，唱出了黛玉为落花伤感也为自身感伤。

怜花之人，古已有之。爱花赏花之人，不仅仅陶醉于它的美丽和芬芳，而且在美丽而短暂的事物面前，更多了怜惜之意。苏轼在《海棠》中写道："东风袅袅泛崇光，香雾空蒙雾转廊。只恐夜深花睡去，故烧高烛照红妆。"东风轻柔，吹动着淡淡的云彩，露出了月亮，月光也是淡淡的。花香融在了朦胧的月色里，月光已转过长廊，夜已深了。为何诗人还不肯睡去？是害怕夜深了，海棠花也睡去了，因此燃起高高的蜡烛，照着红艳娇美的海棠花，趁夜观赏。诗人的爱花怜花之心，可见一斑，一分一秒都不想错过，真是痴人。花开得正好时，谁能不爱？但花儿柔弱纯洁，真令人无限怜惜啊。

还有李商隐在《落花》里写道："高阁客竟去，小园花乱飞。参差连曲陌，迢递送斜晖。肠断未忍扫，眼穿仍欲归。芳心向春尽，所得是沾衣。"高高的楼阁，游客已经陆续离去，小园里落花乱飞。花影参差连着曲折的小路，花儿在夕阳余晖里飞舞。诗人感慨，我肝肠欲断，不想把落花扫去，望眼欲穿，春天来到，却又匆匆回去。爱花惜花，春天却离去，我能得到什么？不过是看到眼前景象，不禁泪水沾衣啊。怜花之人，唯愿花常好，这是诗人单纯美好的愿望。

真心爱花之人，会怜惜花，也会更加懂得珍惜。花有花期，而人何尝不是如此？珍惜现在，无论人生之路风雨几何，相信都会花开绚烂。

养花之乐 滋养生活

一日下班途中，我路过花店买了一束花，到家边哼着歌边给玫瑰修枝，给向日葵找出蓝口瓷瓶，取线缠绕固定。当我把它们插好摆在餐桌、书桌上，空气中顿时萦绕起淡淡的幽香。深浅不一的颜色，高低错落的姿态，让整个家里充满了生机。我爱花儿，看着它们便觉得生活充满乐趣。

忆起小时候，父亲也喜欢种花。清晨他把花种埋进土里，轻柔地拍它们，每日看上几回，即便忙得顾不上吃饭，他也乐此不疲。我记得他最惬意的是，招呼一家人坐在花园里，喝茶、吃饼、赏花。父亲种花时的快乐，感染着我也爱上了诗意生活。

世人爱花，古已有之。在范成大《菊谱》中记载宋人也喜欢花，有赏花、贡花、插花等习俗。每逢重阳节举行的菊花盛会，是一年中的“赏心乐事”。看书中所写，仿佛旖旎风光近在眼前，白如雪，粉似霞，黄菊舒展，绿菊典雅。那些花儿团团密密地排列着，千姿百态，香气扑鼻，引来“游人婆娑于市”。宋人如此爱花，将审美趣味寄情于花草间传承至今。

小说家契诃夫也是爱花之人。哪怕在外旅游，他也担心花园中的百合被人踩坏，便马上写信让家人好好照顾。若是哪日发电报给妻子报喜，定是他花园里的茶花开了。在他的笔下，茶花红得像一团团火球，个个花茎竖得直直的，花朵抬得高高的，每朵茶花都显得神采奕奕、意气风发。他也会把对花草树木的喜爱之情写进书里，《林妖》中就有这样的描述：“当我栽下一棵白桦树，看到它怎样地变绿，怎样地在风中摆动，我的心充满着自豪，因为我意识到我是在帮助上帝创造世界。”契诃夫与花相伴的生活充满着浪漫与温情。

提及国内的爱花之人，不得不谈到老舍先生。他的四合院，遍植鲜花三百多株，终日弥散着浓郁的香气。送牛奶的同志进门若夸“好香”，他就会感到无比骄傲。当昙花在深夜绽放时，他会约朋友来看，更似有秉烛夜游之韵。工作太累，他就去浇花、移盆，劳逸结合。养花是老舍生活中的乐趣，也为他带来了精神上的滋养。

女为悦己者容，爱花之人为花怦然心动。花草之美，养花之乐，赏花之情，滋养了岁月，也丰盈了生活。

满院栀子香

坐在窗前，微风轻拂着窗帘，带来一阵淡淡的花香。我顺着香气望去，窗外的一株栀子花正静静地开放着。它的花朵素雅洁白，像是江南女子清雅脱俗的风姿，悠悠地走进我的世界。

正好读到沈周的《栀子花诗》里写道：“雪魄冰花凉气清，曲阑深处艳精神。一钩新月风牵影，暗送娇香入画庭。”诗句中的意境与此刻的场景不谋而合，仿佛诗中的暗香浮动，娇艳的精神在我眼前绽放。

栀子花，中国传统的八大香花之一，叶子四季常绿，花芳香素雅，绿叶白花相间，显得格外清丽可爱。那为何取名栀子花？想起李时珍的《本草纲目》记载，栀子花被称为“卮子”，“卮”同“卮”，它的果子像商周时代的青铜酒器“卮”，因此古人就顺势给它起名“栀子”。在我的家乡，这样的花随处可见，它们不仅装点了庭院，也温暖了人心。

夏日，院里的栀子花开了，三三两两绽放在枝头，淡淡的香味随风飘散，如汪曾祺老先生笔下的那句：“香得掸都掸不开。”院外的路人也闻着花香走进院里，母亲总是热情招待，“花开堪折直须折，莫待无花空折枝”，母亲看人喜欢便拿了剪刀，剪几枝让路人带走。路人总是闻着花来，笑着带花走。

母亲的慷慨和善良，让邻里间的关系更加和睦。

有次晚上回家，发现很多栀子花已经被摘了，我有点儿生气地和母亲说："不知道哪家的人偷走了花。"母亲马上说："有人来摘花说明我们养得好，左邻右舍都是好邻居，互相分享是好事，况且花摘了回家养在家里还能花香满屋呢。"她的话让我恍然大悟，原来分享和馈赠，也是一种幸福。

母亲喜欢看书读报，她时常忙完农活便坐在栀子花前，摆上小桌子，煮一壶茶，安静地翻开书页静静看书。栀子花的花语是"坚强、永恒的爱、一生的守候"，我总觉得母亲像极了栀子花，默默无闻却香飘万里。

又香又美的栀子花，母亲分外喜欢。她时常说栀子花浑身是宝，花供人欣赏，根和果实可以入药，可以泻火除烦，解暑凉血，护肝利胆，把花朵摘下还可以做成餐桌上的美味佳肴。对栀子花母亲的做法有很多，例如凉拌、清炒、油炸、煲汤、泡茶等。我最喜欢母亲做凉拌栀子花。只见母亲先准备姜丝、葱花和栀子花。将栀子花清洗干净，然后在沸水中烫一下，捞出来沥干水分，晾凉。晾凉后装入盘中，撒上葱花、姜丝，加入老醋、食盐、味精，浇入香油，抓拌均匀就行。在夏日吃上一口，那酸酸甜甜的凉爽和香味，让我每次都赞不绝口。

如今，我工作在外地，但在栀子花盛开的季节，总会在路上遇到卖花的婆婆，她手里挽着一个竹篮，篮子里装满了栀子花，那白色的花瓣，绿色的枝丫，在阳光下闪闪发亮。如有缘遇见，我会买上几朵，让花香相伴一路前行。

"妇姑相唤浴蚕去，闲看中庭栀子花。"这句诗勾起了我对故乡的深深思念。那些日子，那些花香，都成了我心中挥之不去的乡愁。在远离家乡的日子里，栀子花的香，成了我最深切的回忆。

覆盆子里醉流年

覆盆子味道酸甜可口，汁水充足，不仅解馋，还生津止渴。每每提及，我便仿佛又置身于那绿意盎然的林间，与儿时的伙伴一同探寻。

覆盆子，这名字听起来便带着些许的诗意。细长的枝干上，小刺密布，似守护神一般，守护着那甘甜的果实。每当夏日炎炎，覆盆子便悄然成熟，如同少女脸颊上的红晕，娇艳欲滴。它多生长在山野、河滩、溪沟之处，那里野草丰茂，是它们生长的乐园。

小时候，我和伙伴们总是怀揣着对未知的渴望，踏入那片神秘的领地。我们小心翼翼地穿梭在荆棘丛中，生怕一不小心就被那锋利的小刺划伤。即便如此，我们也从未放弃过对覆盆子的追寻。那诱人的野果，无论长在多么隐蔽的地方，都逃不过我们的“火眼金睛”。

采摘覆盆子，是一项既考验耐心又考验技巧的活。尽管摘它会一不小心被拉出个口子，但丝毫阻挡不了我们的采摘热情。我们会先用脚把外围的枝条踩倒，再用柴刀钩住中间的覆盆子，小心翼翼地采摘。有时这个山头摘完，我们又去另一个山头，每人提着小竹篮，摘完看到手臂上的小刺也不疼，找到一处山泉边，把果子倒在水里，清澈的泉水，红艳艳的覆盆子，在阳光下闪闪发光。一溜小跑，带回家给母亲品尝，听着母亲的夸奖很幸福。

关于覆盆子名字的由来还有一个故事：相传在魏晋时期，道教大师葛洪，由于过度劳累，得了夜尿症。由于夜尿次数频繁，以致睡眠匮乏，精神颓萎。一天葛洪采药至半山腰时，不慎一脚踩空跌入荆棘丛中，猛然发现带刺的枝头上有许多像桑葚一般红色的野果，当时正觉饥渴，就摘了些许吃下，觉得味道微酸带甜，甚是好吃，就摘了一捧带回家。出乎意料的是，当晚葛洪的夜尿症状况就大大好转。次日又去采摘服用，不几天，他的夜尿症竟完全好了。葛洪大喜，称之“神奇之果”，服此仙果，晚上尿盆都可以覆过来放置了，于是就给这个神奇果取名“覆盆子”。

其实在医书里早就有记载。《名医别录》里记载“覆盆子，味甘、平、无毒，主益气轻身、令发不白”；《本草衍义》认为，覆盆子“益肾脏，缩小便”。这些古老的文字，仿佛在诉说着覆盆子那悠久的药用历史和神奇功效。

如今，我已长大成人，但那童年的记忆却如同覆盆子一般，酸酸甜甜，永存于心。到了夏天，水果琳琅满目，家乡的覆盆子已经没有人采摘，但我时常会想去野外寻找覆盆子，扒开荆棘采到果子的快乐，是我人生的一种乐趣，我会想起童年的时光，那是记忆深处的甜蜜，是一种平凡生活的幸福！

覆盆子，不仅仅是一种野果，更是一种情感的寄托，一种对童年时光的怀念。它让我懂得，生活中的美好往往就藏在那些看似平凡的事物之中，只要我们用心去寻找，去发现，便能感受到那份来自内心深处的甜蜜与幸福。

雨打芭蕉忆往昔

“深院锁黄昏，阵阵芭蕉雨。”又到了烟雨蒙蒙的季节，雨淅淅沥沥地倾洒而下，小小的雨珠欢快地跳落到屋檐，落在花朵上，有的滚到地面，在院子的低洼处形成了一个个小小的水洼。我看到院子里的芭蕉在雨中格外的翠绿，让我想起了那些跟芭蕉相关的诗句：“窗前谁种芭蕉树，阴满中庭。阴满中庭。叶叶心心，舒卷有余情。”“一声声，一更更。窗外芭蕉窗里灯，此时无限情。”……

记得小时候我去云南旅游看到芭蕉树分外喜欢，回家便让父亲在院里种两株。父亲一直宠爱我，于是院子里便有了芭蕉树。在雨季，芭蕉长得格外高大，那时最开心的便是和小伙伴雨天躲在芭蕉树下听雨声，有时摘下大大的叶片顶在头上，和小伙伴们在雨中漫步，那雨水掉落在叶片上的“嗒嗒”声似一首快乐的歌谣。在夜晚，我们在芭蕉树下捉蛐蛐、萤火虫，欢声笑语在空中飞扬。当夜深了，大人赶着我们回屋睡觉，我们才依依不舍相互道别。到了端午节，重阳节时，芭蕉叶被大人们拿去包粽子。我记得母亲最喜欢把芭蕉叶铺在蒸屉里蒸麻糍，有了芭蕉的香味，美食更诱人无比。

古代很多诗人也对芭蕉喜欢至极。清代诗人郑板桥笔下的芭蕉是“芭蕉叶叶为多情，一叶才舒一叶生。自是相思抽不尽，却教风雨怨秋声。”让我读到了无尽的相思和哀怨有声；不愿投靠朝廷而选择流亡的蒋捷在《一剪梅·舟过吴江》里写道：“一片春愁待酒浇。江上舟摇，楼上帘招。秋娘渡与泰娘桥，风又飘飘，雨又萧萧。何日归家洗客袍？银字笙调，心字香烧。流光容易把人抛，红了樱桃，绿了芭蕉。”读完不得不让人感叹光阴易逝。

我喜欢芭蕉，最喜欢在院子里听我母亲给我讲芭蕉的故事。唐朝诗僧怀素为了练习书法，就在寺院附近的一块荒地上种植了 1 万多株芭蕉树。等芭蕉树长大后，他摘下大大的叶片，铺在他的书桌上，临帖挥毫。他练字刻苦勤奋，他把老芭蕉叶剥光写完了，小叶还未长大他又舍不得摘，于是便想出了一个办法，干脆拿了笔墨站在芭蕉树前，对着鲜叶书写，无论刮风下雨，酷暑严寒，他都坚持不懈地练字。他写完一处，再写另一处，从未间断。他曾在《自叙帖》中言：“怀素家长沙，幼而事佛，经禅之暇，颇好笔翰。”每次听完母亲讲怀素勤学苦练书法的故事，我总是又敬佩怀素又让我更加喜欢芭蕉。难怪陆游曾在诗里写道：“芭蕉绿润偏宜墨，戏就明窗学草书。”还有《红楼梦》中的贾探春，她也爱芭蕉，还给自己取别号“蕉下客”。

听着芭蕉滴落的雨声看书，是夏天诗情画意之事。书里看到喜爱芭蕉之人还有蒋坦。一天，蒋坦在一枚芭蕉叶上题句：“是谁多事种芭蕉，早也潇潇，晚也潇潇。”那天可能是雨打芭蕉的声音扰了蒋坦的美梦，秀才蒋坦心情不悦就摘下芭蕉叶写下这句诗。蒋坦的妻子关秋芙，见了蒋坦题在芭蕉叶上的这句话，在后面也题了一句：“是君心绪太无聊，种了芭蕉，又怨芭蕉。”读到这个故事，我不禁莞尔一笑，这可是夫妻间的情趣，芭蕉让生活变得更有趣也是一件幸事。

又到了雨季，我又久久地伫立在窗前，想起故乡小院中的那一片翠绿，芭蕉，承载着我对童年的回忆，对古人的敬仰，对生活的热爱。它不仅是自然的馈赠，更是情感的寄托，是生活中不可或缺的一部分。每当雨打芭蕉，那清脆的声音便是最美妙的乐章，唤起我对岁月的感慨，对生活的珍视。

生如夏花之绚烂

“熏风破晓碧莲茎，花意犹低白玉颜。一粲不曾容易发，清香何自遍人间。”一走进办公室，便闻到白玉兰的香气在空气中轻轻飘荡，原来是单位的阿姨给我带来了白玉兰花。

那洁白无瑕的花朵，花瓣厚实纯净，散发出清新微甜的香气，仿佛天使展开的羽翼，既优雅又迷人，给整个春天带来了勃勃生机。我小心翼翼地将它别在裙子上，看着花儿与裙子相得益彰，不禁让人心生欢喜。望着这白玉兰花，我想起了儿时家中的小院，以及那两棵盛开的玉兰花树，仿佛回到了那充满花香的童年时光。

故乡小院种着两棵白玉兰。白玉兰也称为白木兰，花朵颜色洁白如玉，香气如幽兰般迷人，因此得名白玉兰。它花期很长，给人们带来无尽的清凉和香气。每逢花开时节，温润如玉的白兰花在枝头悄然绽放，清香淡雅的花香萦绕在空气中，令人心旷神怡，别有一番趣味。

每当白玉兰花开，爱美的母亲总会对着镜子把一朵白玉兰花别在耳边，母亲总会开心地问我：“妈妈香吗？”我抱着母亲，用鼻子轻轻贴近她头发，忍不住说：“我的妈妈太香了！”母亲总会开心地大笑，然后用别针勾好玉兰的尾部别在我的衣服上。那时的母亲喜欢穿素衣，头戴白玉兰的模样，像极了白玉兰，文静优雅，清丽脱俗。

当花香满院时，母亲把刚摘下的白兰花用小小的别针串起，别在我的裙子上，一路走一路芬芳相伴。母亲那时总提着篮子把带着露珠的玉兰花轻轻地放入篮中，一家家地去送花，我跟着母亲，看着左邻右舍对母亲连连道谢。让我明白了好的邻居需要时常维系，哪怕只是一朵小小的白玉兰花。

白玉兰花香长久，古代诗人也喜欢白玉兰花。明代睦石在《玉兰》里写道："霓裳片片晚妆新、束素亭亭玉殿春。已向丹霞生浅晕，故将清露作芳尘。"陈淳在《玉兰》里写道："花开不是辛夷种，自得凝香绕紫苞。昨夜月明庭下看，恍疑罗袖拂琼瑶。"明代沈周的"翠条多力引风长，点破银花玉雪香。韵友自知人意好，隔帘轻解白霓裳。"屈原在《离骚》里写道："朝饮木兰之坠露兮，夕餐秋菊之落英。"读着这些诗，我读出了白玉兰花纯洁高尚的品质以及对美的追求。

白玉兰花还能用来制茶、熏香。母亲喜欢在家里插几朵白玉兰花，整个家里弥漫着香气。母亲还会制作白玉兰香薰，香味恬静淡雅。晚上母亲点着香熏，我在花香中入睡，连梦都是甜甜的。

泰戈尔曾说："生如夏花之绚烂"。在我眼中，能配得上"绚烂"二字的，非白玉兰花莫属。荷花虽雅致，却显得过于清高；栀子花虽纯净，却显得过于柔弱；葵花虽张扬，却缺乏那份含蓄。唯有白玉兰花，如同无限的生命力一般旺盛，绽放在枝头，为人带来阵阵芬芳，完美诠释了"绚烂"的真谛。

萤火虫仲夏梦

“萤火虫，萤火虫，慢慢飞。夏夜里，夏夜里，风轻吹，怕黑的孩子安心睡吧，让萤火虫给你一点光。”听着这首《萤火虫》老歌，我时不时想起小时候与萤火虫相伴的童年的快乐时光。

炎炎夏日，当太阳西下，晚霞染红了天边，蛙声开始奏响合唱曲时，在河道边，稻田边就有一只只萤火虫提着小灯笼来到我们的身边。在漆黑的夜里，萤火虫在蛐蛐声、蛙声的相伴中迎风起舞。

夜晚，家人们在院子里乘凉，左邻右舍聚在一起聊庄稼的收成，欢声笑语不时传来。而我和小伙伴则在黑夜中捕捉萤火虫。捉萤火虫是一件难事，它时而飞得低，时而飞得高，时而旋转而上，时而躲进草丛。我们每次追着它们跑，累得满身是汗。这时，母亲便会让我们吃井水里泡着的西瓜，一边吃西瓜一边看萤火虫又飞进小院，我们又开始捉萤火虫。萤火虫是我们童年快乐的源泉。

我很喜欢萤火虫，如果世界上有什么生物可以称为“童话中的精灵”，那非萤火虫莫属。有次，我捉了好几只用玻璃瓶养着，想让它们一直陪伴我。然而不到一天，它们不是缺氧而死，就是绝食身亡。看着它们可怜的尸体，我满心都是愧疚。母亲安慰并给我讲了萤火虫的知识，母亲说："萤火虫是鞘翅目昆虫。依照成虫的活动规律分为昼夜两行性和夜行性，它们能够发出黄色、橙色、红色、黄绿色及绿色等多种颜色的荧光。萤火虫的卵、幼虫、蛹、成虫均能发光。萤火虫幼虫的发光被认为具有警戒、恫吓天敌的作用，而成虫被认为利用闪光进行彼此种类的辨认、求偶及诱捕。萤火虫以蜗牛等害虫为食，对农作物有益。"听了母亲的介绍，我知道萤火虫是益虫不能捉养。虽然后来我们还是会捉萤火虫，但是我们捉到后就会马上把它放飞，把它当成好朋友。

萤火虫在古代称为"流萤"，古人也很喜欢它。在《古今注·鱼虫》中记载："萤火，一名耀夜，一名景天，一名熠耀，一名丹良，一名磷，一名丹鸟，一名宵烛。"古人为萤火虫取的名字多么好听，每个名字都美得让人怦然心动。

柳永在《女冠子》（大石调）中写道："疏篁一径，流萤几点，飞来又去。"只是几只流萤，就把幽森的竹林小路变成了温柔仙境。《诗经·豳风·东山》中写道："我徂东山，慆慆不归……町畽鹿场，熠耀宵行。"当戍边的男子思念妻子，他便急匆匆地在夜色下赶路还乡。在漆黑的夜里一路为他照明的，是漫山遍野的萤火虫，宛如星光坠落凡尘。读完，我想这夜色是多么浪漫！在没有照明的遥远古代，夜漆黑又漫长，这时候哪怕只有一星半点儿的荧光，能萦绕相伴一路，何止是大自然的馈赠，而是它如精灵般揉碎散落人间的星光，怎能不让人惊喜快乐呢！

“薄囊载长夜，向日还光明。”萤火虫为我们的黑夜带来了光，带来了夏夜美景，我看着故乡田野里的萤火虫就会想起我们的童年生活，萤火虫的点点微光正因为黑暗而分外明亮，勾起人们温暖的回忆和向往。正如木心所说：“萤火虫是会呼吸的钻石。”是啊，那一点点璀璨的星光，是比钻石更贵重的希望，是童年快乐的纯真，是岁月伊始的梦想，是伴随一生的能量。

西瓜甜夏日慢

路过水果店，看到店里的西瓜一字排开，店员热情地招呼路人买西瓜，那红红的瓤，黑黑的籽，让人看了喜欢，我禁不住诱惑，买了一个西瓜回家。回家吃着西瓜，我想起了小时候的时光。

父亲喜欢在后院种西瓜。我每天都会去后院看西瓜苗是不是长大了。有天惊喜地发现，西瓜藤上结了一个小西瓜，我别提多开心了，于是，飞快地跑到家里跟父亲说："爸爸，你快去后院看看，结西瓜了。"

父亲说："过几天会更多，你要经常去照顾它，不要让小鸟吃了。"于是我早上起床就去看西瓜，西瓜安然无恙才去上学，每天放学回家也先去西瓜地看西瓜是不是长大了，学着父亲的样子给西瓜浇水、除草。看着西瓜一天天长大，我别提多开心了。

等到西瓜成熟的时候，我头戴一顶草帽，和父亲去摘西瓜。西瓜地里的热气一阵阵地冒上来，但我一点儿也不觉得热，我只闻到了那一地的阵阵西瓜香。我们收获了 10 多个大西瓜，父亲觉得我管理西瓜有功劳，奖励我一个最大的西瓜，我开心极了！然后父亲给隔壁的王奶奶送了西瓜。最后父亲便把西瓜装上三轮车，原来是要给外公外婆送西瓜去。我外公外婆的家在山里，路程远，我缠着父亲带我去，父亲便答应了。

那天的傍晚风和日丽，父亲骑着三轮车，我坐在车斗用手扶着西瓜，生怕西瓜因道路颠簸自动裂了。到了羊肠小路无法骑车前进，父亲便把三轮车锁了，找了一个麻布袋把西瓜放进去，还有一个小西瓜，父亲让我用手捧着。

天有不测风云，夏日的天小孩的脸说变就变，天竟然下起了雨。父亲麻袋扛在背上，我捧着西瓜加快了脚步。雨越下越大，山路很滑，我差点儿滑倒，父亲心疼地说："女儿你把西瓜给我，我来拿。"我摇摇头，站稳后马上继续跟上父亲的脚步。不知过了多久，我和父亲终于到了外婆家。外公外婆看到我们又惊喜又心疼，马上招呼我们进屋换衣服。父亲穿上了外公的衣服，而我穿了以前母亲小时候的衣服，外婆说你就是小美人，比你妈妈穿得好看，我开心地咯咯笑。

窗外的雨还在下，但屋子很温暖，外婆开始给我们生柴火做生姜茶喝。而父亲从麻袋里找了个大西瓜，洗净切开。那西瓜红色的瓤就像灶头的火苗一样让我心生温暖。外婆外公直夸父亲种的瓜甜，外婆夸我最孝顺奖励我吃糖，一家人坐在一起吃西瓜聊着家事，温暖又美好。

吃完的西瓜，外婆说这可是好东西，西瓜皮可是一道美食呢！只见外婆把西瓜去皮，切丝，用生抽、醋、酱油、辣椒等进行调味，拌均匀后就可以吃了。晚上吃完外婆做的柴火饭，我们从外婆的家往回走。雨后空气清新，竹林的风阵阵吹来，父亲吹着小曲，我坐在三轮车上看着天上的星星，觉得今天的快乐像星星一样美好。

如今，时光已逝，但那些与西瓜相伴的日子却历历在目。每当我吃着西瓜，总会想起那片绿油油的瓜地，想起父亲那忙碌的身影，想起外公外婆那慈祥的笑容。那些美好的回忆，如同这西瓜的香甜，永远留在我的心中。

又是一年西瓜成熟时，我盼望着再次回到家乡，尝一尝父亲种的西瓜。那瓜香四溢的日子，是我心中最美的记忆。

蛙声是一首合唱曲

在无尽的城市喧嚣中，我时常感到疲惫。看着高架桥上车水马龙川流不息，车尾的红灯闪烁不停，即使到了半夜时分，城市还是嘈杂一片。我总会在这时想起故乡的那一声声蛙鸣，它们在我心中化作一曲曲动人的歌谣，唤起我对故乡的无限神往。

回到家乡，我吃了晚饭迫不及待地去田边小路走走。一轮满月高挂空中，稀疏的星星眨着眼睛，风吹稻子哗啦啦的声音，时不时闻到稻谷散发的阵阵清香。

田间小路曲曲折折，我看到一只青蛙一跃跳入稻田，我又听到了熟悉的“呱呱”声，声音时而高亢，时而低沉，时而来个大合唱，时而又静默无声。我静静地伫立在稻田边，任思绪飞扬，仿佛回到了小时候的快乐时光。

想起那时村里还没有路灯，我每天晚自习回家，小路一片漆黑。因为胆子小最怕走夜路，每次都是快步疾飞，有时看到一个黑影吓得一路快跑。但只要听到“呱呱”蛙声，我便觉得路上有了它们的陪伴不孤单，就会慢下来慢慢走。有时我也调皮地学着青蛙“呱呱”叫，这时青蛙们也会报以“呱呱”声，我叫得响，它们也响，我轻声，它们也轻声。有了它们的陪伴，小路不再漆黑，而我也越来越享受这美好的夜晚。

“欣看陌上禾苗壮，喜闻蛙声又飞扬。”记得有一次，我和小伙伴们去池塘里捞了很多的小蝌蚪，把它们装在可乐瓶里带回了家。一向疼爱我的父亲看到了狠狠地批评了我，亲自带着我把小蝌蚪放生回了池塘里。父亲是种田好手，他回家的路上一直跟我说：“青蛙是庄稼的守护者，它是害虫的天敌，一只青蛙可歼灭一万多只害虫，它是人类忠贞不渝的好朋友。”我听完羞愧地低下了头，对青蛙充满了感激之情，它是稻田丰收的希望。想起南宋诗人辛弃疾在词里写道：“稻花香里说丰年，听取蛙声一片。”是啊，稻谷的丰收都与青蛙的付出息息相关。

夜晚我躺在床上，听着蛙声阵阵，仿佛一首最朴实、最浪漫的交响曲，让人沉醉其中，我伴着它进入香甜的梦。对蛙声情有独钟之人还有唐代张籍，我喜欢他的那句“蛙声篱落下，草色户庭间。”我读懂了这句诗的浪漫，沉醉其中。

而今，我已远离故乡多年，但对故乡的那份眷恋与思念却从未减少。每当夜深人静之时，我总会想起那熟悉的蛙鸣，想起那片充满生机的稻田和那些与我共同成长的伙伴们。我知道，无论我走到哪里，那份乡愁都会如影随形，陪伴着我走过每一个春夏秋冬。

蛙鸣乡愁，是我心中最美的乐章。它让我懂得珍惜与感恩，让我更加热爱这片土地和这里的人们。愿每个人都能找到自己的乐章，找到那片属于自己的心灵净土。

月光下酒见学问

夏日夜晚，家里来了贵客，先生总会笑容满面地打开他心爱的好酒与友人分享。在月光下，院子里，摆一桌好菜配一盘花生米，朋友们各执小酒一杯，聊人生，聊文学……这飘香的美酒，美味的菜肴，谈笑风生间，酒饮微醺满脸红光，想着今晚把月光装在酒壶里，这乃是诗仙境界。

我国饮酒文化历史悠久。在《尚书》中就有“酒诰”之篇。中国古代文人对酒最情有独钟。遥想岑夫子与丹丘生请李白喝酒，李白一喝酒就想唱歌，而岑夫子和丹丘生并不想听歌，他们只想喝酒。当李白唱歌的时候，他们心想李白唱歌是在躲酒啊，可还是夸赞了李白。谁想李白写了首诗，他在《将进酒》里写道：“岑夫子，丹丘生，将进酒，杯莫停，与君歌一曲，请君为我倾耳听。”他们俩谁也没想到一场酒局成了名人，直到现在还有人记得他们。酒后的李白还有如此的才情，让人佩服不已。

酒的美味让人沉醉，莎士比亚戏剧《暴风雨》中的卡列班，那个象征原始人的怪物，第一次尝到酒后，觉得妙不可言，以为酒是甘露琼浆，不是人间之物。还有美洲印第安人初和白人接触，为酒所倾倒，不惜以土地换酒喝。

喝酒也能品出人生境遇。我喜欢的女诗人李清照，她一生有 20 多首诗里都提到酒，也被人们称为“女酒仙”。我最喜欢李清照无忧无虑的幼年和少年时期，父母开明的家教让她免受传统女训女诫的思想限制。她在《如梦令·常记溪亭日暮》里写道：“常记溪亭日暮，沉醉不知归路。兴尽晚回舟，误入藕花深处。争渡，争渡，惊起一滩鸥鹭。”诗人与好友们荡舟出游，开怀畅饮，最后竟醉倒在溪亭直至日落。酒醒后天色已晚，天黑往回划船，不小心划进荷花池深处，划船惊动满滩的水鸟都飞起来了。在当时的社会，李清照的生活欢快恣意，那时她笔下的酒是把酒言欢、畅快淋漓的快意人生。

此后，她婚后随赵明诚出仕，两人聚少离多。后来她又经历“靖康之变”北宋灭亡，李清照独自带着藏品南下逃亡时，愁苦也变成国破家亡的悲苦。她把一切愁苦合着酒写进了诗里。人生三个不同阶段的“酒”贯穿了李清照波折又悲伤的一生，让人唏嘘不已。

林清玄曾说：“春天的时候可以面对满园怒放的杜鹃细饮五加皮；夏天的时候，在满树狂花中痛饮啤酒；秋日薄暮，用菊花煮竹叶青，人共海棠俱醉；冬寒时节则面对篱笆间的忍冬花，用蜡梅温一壶大曲。”读着他的文章，我想这是到了无物不可下酒的境界。人生如酒，有浓有淡，有醉有醒，酒与人生，皆浓烈而独特，让我们沉醉在这美妙的瞬间。

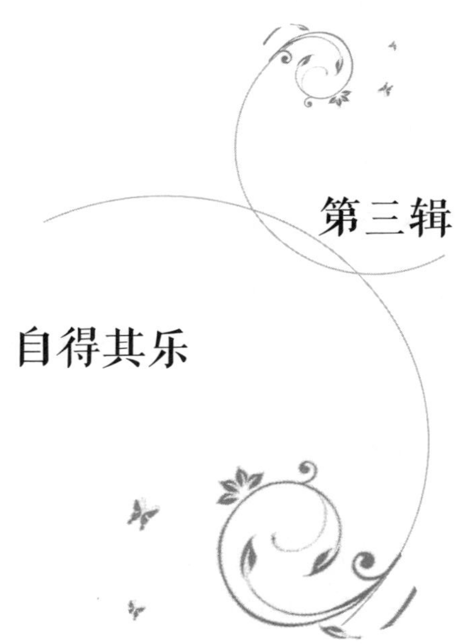

第三辑

自得其乐

梦想中的书房

我喜欢看书，看到作家们的书房便羡慕不已。在作家张新颖的书房里挂着一副“无事此静坐，有情且赋诗”的对联，他平和的心境，令人羡慕。诗人商震的书房满目书籍，散乱中不失秩序。看着他的书房，我便懂了《三余堂散记》，书房是他在诗意中行走的休闲时光。木心的书房兼画室，雅致得让人欢喜。冯骥才先生的书房得先经过走廊，阳光从书房的窗户照进来，在走廊里留下黑白的剪影，让我看到了他的诗情画意。“富者筑楼，贫者一席”，书房无论大小，书有了安身之所，人也在书房里安放灵魂。作家们的书房，既是郑培凯先生面朝大海的“知不足轩”，是陈子善先生堆积如迷宫的“梅川书舍”，也可以是作家武云溥家一张小小的写字台、一个薄薄的电子阅读器。

而我梦想中的书房可以静心读书，涵养心灵；可以凝神练字，驰骋胸襟；可以品茗怡情，长抒雅志；可以邀好友，吟诗作对。在书房里，有书案，有花草，有万卷图书。当阳光透过窗户，洒在油墨清香的书页上，我置身其中，一书在手，像陆放翁一样“万卷古今消永日，一窗昏晓送流年”。

梦想书房的样子在我心里发了芽，一直念念不忘。这次换房，先生说："我要给你打造梦想中的书房。"先生知道我喜欢看书，买书。作为老师的我工资不高，我时常把大部分的工资换成了书，家里的书架也越买越多，每个房间都堆满了书。但他从来没有埋怨，知道我买了新书，他总是开心地帮我搬回家，然后陪着我拆书，看书。搬家时工人总说："你家书太多了，好重。"先生总会打趣道："书要轻拿轻放，这可比我的家电重要多了，是我老婆的宝贝啊！"

我梦想中的书房在先生的帮助下实现了。在大大的客厅做了一面书墙，在书架前摆上了我的2.8米的大板桌，摆上文竹和我的纸墨，我可以看书、写文章、练书法。书太多又在二楼开辟了一间书房，在大大的书墙前，放上了地毯、抱枕，柔和的灯光温馨舒适。

在温馨舒适的书房里，我们家的阅读氛围更浓了。女儿也是小书迷，我们时常各自捧着书看，看到精彩之处，女儿会跟我分享。她小学已经看了几千本书，经常在纸媒上发表文章，作文大赛也拿了很多一等奖。她对书有自己独到的感悟。有时看到好书，女儿也会介绍给我，我总是马上看她介绍的书，这样我们又有了更多的共同语言。

书房无疑是一面镜子，书房的氛围和藏书，无一不折射出主人的精神世界。意大利作家安伯托·艾柯曾说："一个人书架上的书，就是经历的一部分——很多人阅读的时候，会把自己的情感和意志投射到书中，一旦建立起情感上的依恋，即使书中的虚构人物生活在几百年前、几万里外，也会感觉与现实里自己非常亲近。"我们时常全家一起看书，整理书。我抚摸着这些书，对它们爱不释手，书上的画线、标注和折角都是我与它相爱的证据。如今房价飞涨，书房正逐渐减少。但越是这样，爱读书的我更想亲近书，更喜欢在书房中独处的时光。

读书让心灵诗意地栖息

“书卷多情似故人，晨昏忧乐每相亲。”每次读《曾国藩传》这本书时，我深深地被曾国藩阅读精神所感动。他是热爱读书之人，一生都与书籍相伴。早起温习经书，饭后读史书，午后阅读古文。每日看八十页，皆过笔圈点。行军打仗，舟船劳顿，他也利用空闲时间读书，后来生病，一只眼睛失明也依然读书不辍。即使周围环境嘈杂，他也读得津津有味，无论条件多艰苦，他都能够找到读书的乐趣。他虽然从小天资平平，但是热爱读书，每天坚持做日课；写日记持之以恒，最终达到了“立功、立言、立德”的境界，成为一代圣贤。

古往今来，通过读书改变命运的人还有很多。在电视剧《大江大河》中，宋运辉的出身并不好，家中一贫如洗，但他并没有放弃读书。下乡后养猪，他一边养猪一边自学，经常抱着书入睡。后来上了大学，他也是整天泡在图书馆读书。工作后，家里有专门的书房，书塞满了整个屋子。在办公室，书也占据了大半的空间。毫不夸张地说，只要有他在的地方就有书。在工厂里除了工作就是如在大学时那样泡图书馆。也正因为热爱读书，他从寒门学子平步青云。

热爱可抵岁月漫长，读书可挡艰难时光，宋运辉就靠读书改变命运。我想到了作家莫言。莫言从小就非常喜欢看书。他想看《封神演义》这本书，但这本书是同学的传家宝，轻易不借给别人。他为同学家推了一上午磨才换来看一下午书的权利，而且必须在他家磨道里看，并由同学监督着。这本用汗水换来短暂阅读权的书，让他印象深刻。晚上母亲在灶前忙做饭，小油灯挂在门框上，被腾腾的烟雾缭绕着。他个头儿矮，只能站在门槛上就着如豆的灯光看书。沉浸在书里，莫言头发被灯火烧焦也不知道。由于他热爱读书，尊重知识，不断充实自己，现在已成为我国著名的文学家。

电视剧《人世间》作家梁晓声也一直保持着阅读的习惯，他认为："读书是最对得起付出的一件事，你多读一本好书，就会对你产生影响。"余秋雨也说："阅读最大的理由是摆脱平庸，早一天就多一份人生的精彩，迟一天就多一天平庸的困扰。"宋代黄山谷说："一日不读书，尘生其中；两日不读书，言语乏味；三日不读书，面目可憎。"

是啊，每一个信手拈来的从容，都是厚积薄发的沉淀。我们也要热爱读书，让书变成灯塔，指引我们前进的方向；让书变成明月，成为我们黑暗里前行的依靠，让书变成港湾真正成为心灵诗意的栖息之所！

童话书里的母爱

闲暇之余，我陪女儿翻开了那些色彩斑斓的绘本，每一页都仿佛是一个温馨的小世界。这些书中的母爱，虽简单朴素，却如诗如画，触动人心。

夜深人静，月光洒在窗棂上，我轻声为女儿讲述着《有一天》的故事。母亲在静谧的夜晚，凝望着熟睡中的女儿，心中的温柔如泉水般涌动。她走进厨房，在餐桌上轻轻写下："那一天，我数算你的手指，轻轻把它们亲遍；那一天，初雪飘落，我把你高高举起……"文字间仿佛弥漫着母亲的气息，那是对女儿无尽的牵挂与祝福。我想象着，当女儿长大成人，远离家乡，她是否会想起母亲那如诗般的爱，是否会怀念那份最初的温暖？

而在《爱的母亲节》中，我看到了母爱的传承与延续：一只可爱的小老鼠海柔带着礼物去看望母亲，而它的母亲正在去探望母亲的母亲，母亲的母亲也在去探望母亲的母亲的母亲……结果，所有母亲都不在家！原来，它的曾外婆去探望小海柔啦！多么美好温馨的小故事，绘本将小老鼠携带礼物去探望母亲的场景刻画得栩栩如生。读完这个故事我沉迷其中，感受到母爱是无法取代的亲情，母爱就是这样一代一代地不断传递下去，延续到今天。

在每个人的心中，母亲无疑都是超人。《我妈妈》这本书里我妈妈是棒极了的厨师；她是伟大的化妆师；她是全世界最强壮的女人；她还是奇异的园艺师，可以让任何植物生长；她是仙女，在我沮丧的时候她总是有办法让我开心起来；她的歌可以唱得像天使一样好；她吼起来像一头狮子；我的妈妈像蝴蝶一样漂亮，又舒适得像一把扶手沙发……她常常逗我大笑。我爱我妈妈，而且你知道吗，妈妈也爱我，而且会永远爱我。

而在《我的妈妈是超人》中，我看到了孩子们眼中母亲的伟大。他们争相描述自己妈妈的优点，认为自己的妈妈是世界上最厉害的人。这些稚嫩的话语，让我感叹不已。在孩子们心中，母亲便是他们的超人，是他们的英雄，是他们永远的依靠。

这些童话书里的母爱，让我感受到了母爱的伟大与崇高。它如同阳光般温暖，如同雨露般滋润，让我们在成长的道路上不再孤单。同时，这些故事也让我看到了孩子们对母亲的爱与依恋。他们虽然年纪尚小，但懂得珍惜与感恩，这份纯真的情感让我感动不已。

在这个忙碌的世界里，让我们停下脚步，静心感受那些来自童话书中的母爱。让我们学会珍惜与感恩，让我们把这份爱传递给下一代，让它在我们的心中永远闪耀。因为母爱是这个世上最无私、最伟大、最崇高、最圣洁的爱。拥有母爱的孩子无疑是这个世界最幸福的人。愿我们都能珍惜这份来之不易的幸福，让母爱在我们的生命中绽放出最美丽的花朵。

享世间无言之美

《万事只求半称心》这本书是美学大师朱光潜的理想生活指南，鼓励人们活出有意义而幸福的人生。书中提到的“无言之美”，是文学中的言不必尽意，是音乐中的无声胜有声，也是雕刻中的含蓄而不露。这让我明白了，无言胜有言，不完美也是一种独特的美。

无言之美在于缺陷。书中解释“这个世界之所以美满，就在于有缺陷，有希望的机会，有想象的田地”。法国的卡巴莱餐馆曾是诗人、画家和音乐家的聚居地，在遭遇地震之后被封禁。如今，人们以损毁的混凝土立柱和天花板为基础，添加更多的混凝土，使整个餐厅附在一层又一层的过去之上，呈现出历史的厚重感。虽然餐厅不再完好如初，但重新设计修建后的餐厅不仅有野性主义的色彩，还保持着贵族般的优雅。无言之美在于正视“缺陷”，才能成就完美。

无言之美在于含蓄。作者解析“念天地之悠悠，独怆然而涕下”这句诗词。诗人用一个“独”字，描摹出宇宙的辽阔和历史的久远，个人是渺小孤独的，陈子昂的怆然涕下才显得如此痛彻心扉。诗人情感含蓄，意境却深远。我想起《怨情》这首诗：“美人卷珠帘，深坐颦蛾眉。但见泪痕湿，不知心恨谁。”

一个“恨”字，将女子眼角眉梢的无尽思念之情和盘托出，细细品味，多么动人！难怪宋代严羽评价：“写‘怨情’已满口说出，却有许多说不出，使人无处下口通问，如此深幽。”

无言是一种境界，沉默是一种修行。作者认为爱情摆在肚子里面比摆在口头上来得恳切。他举例：“齐心同所愿，含意俱未伸”和“更无言语空相觑”，比“细语温存”“我见犹怜”的滋味更能让你感到无言之美的甜蜜。爱情在无言之美中沉默，无须解释太多，对方就能理解你的意思，更加让人感受到彼此的信任和真诚。朱自清说：“沉默是一种处世哲理，用好时，也是一种艺术。”沉默能让我们表达自己，理解他人并建立良好关系，在沉默中领略无言之美。

“言有尽而意无穷。”人生不能皆如意，但求无愧于心。让我们在缺陷、含蓄、沉默的深情挚意中，体会至深的感动和无尽的愉悦，享受世间的无言之美。

孤独是春亦是秋

《我的孤独在人群中》是作家刘亮程的散文集。他记录了村庄里的一人一物、一草一木，带领我们走进万物共生的自然与世界，书中让我印象最深刻的是他面对孤独时的姿态。

享受孤独，是一种境界。庄子说：“独来独往，是谓独有。独有之人，是谓至贵”。刘亮程在书中说：“落在一个人一生中的雪，我们不能全部看见。每个人都在自己的生命中，孤独地过冬。”他远离城市，拒绝应酬，看着居住的小村庄，黄了又绿，绿了又黄，在四季变化中，他不再去生枝展叶，而是享受安静的生活状态，把更多的时间用来看书、写书，享受自身成长。他的文学梦想也在四季中开花结果。刘亮程在孤独生活中享受孤独，常常“闲看庭前花开花落，漫随天外云卷云舒”，他的孤独，却让他活出了诗意般的生活境界。

淬炼孤独，是一种能力。在人生不同时期，刘亮程对孤独的理解也不一样。他在《终于轮到我说话了》中写道：“每个人在心中独自经历的事情，比大家一块经历的要多得多。”他进城上班，每天能吃到拌面便充满力量。晚上在废纸箱做的写字台上写下村庄故事。正是这样的孤独时光塑造了他，成为大家喜欢的现代版“陶渊明”。刘亮程将孤独淬炼成一种向上生长的能力，他不会因孤独而庸人自扰，因寂寞而顾影自怜，他手握一支笔，徜徉在自然世界中，让他心有所依，自由奔放！

拥抱孤独，是一种睿智。他在《远路上的新疆饭》中写道："如今我年近六十岁，知道已走在人生的远路上，此时回头，看见二十岁的自己还在那里，我在他远远的注视里，没有迷路，没有走失。"当父亲离世，他小小年纪去沙漠砍柴，累了就靠墙根休息。即使辛苦，他还是热爱文学。他最开心的事是到晚上，继父说书，刘亮程便坐在角落里听他讲《杨家将》《薛仁贵征西》《三国演义》。倾听着天地万象的喋喋私语，感受太阳、风、狗、树和春天的孤独，把这些融合成独特的文字。刘程亮无疑是睿智的人，他懂得拥抱孤独，活出自己的姿态。

在旷野中遇见自己，在人群中体味孤独。正如马尔克斯说："面对孤独，我们能做的只有爱上它，并享受它。"

孤独是生命开出的花

刘亮程散文集《一个人的村庄》，轰动了整个文坛，打破了人们对沙漠无边、戈壁连天的传统印象，成了畅销书。他说："落在一个人一生中的雪，我们不能全部看见。每个人都在自己的生命中，孤独地过冬。"热度最高时，他却远离城市，拒绝应酬，过起了田园生活。看着居住的小村庄，黄了又绿，绿了又黄，在田野中听风，与虫共鸣，在四季变化中，他不再去生枝展叶，而是享受安静的生活状态，把更多的时间用来看书、写书，享受自身成长。他虽孤独，却活出了诗意般的生活境界，也让他笔下的平静山村添了几分诗意。

作家村上春树说："我这个人是那种喜爱独处的性情，或者是那种不太以独处为苦的性情。"他一直是喜爱独处并享受孤独的人。每天四五点起床，晚上十点睡觉，过着简单又规律的生活。每天清晨，当黎明的第一缕阳光穿过窗户，他便从床上爬起，开始一天的生活。他会在清晨的鸟鸣中，翻开一本书，沉醉于文字的海洋。他会在午后的阳光里，静静写作，字字句句都充满他对生活的热爱。他会在夜晚的月光下，听着爵士乐，享受那种独特的孤独之美。他和猫为伴，和书为友。小屋虽然远离人群，但他的心却充满对生活的热爱和对世界的理解。他从不让外界的喧嚣扰乱他的生活，他只需要一支笔，一本书，一个安静的空间，就足以支撑他的世界。

作家们享受孤独，让我想到《孤独的美食家》中的中年大叔独自吃饭的故事。每当他饥肠辘辘时，总是独自寻找街头巷尾能勾起食欲的小店，美食总与他不期而遇。他在美食街找到烤鸡肉店，点了盐烤味的鸡肉串。当鸡肉串散发出一阵阵扑鼻香味，肉煎得外焦里嫩，他大快朵颐时，不禁感叹道："原来有这么好吃的鸡肉啊！"他每次都孤独地享受美食，专注味蕾，享受晚餐时光。"吃东西的时候啊，要不被任何人打扰，被自由感所拯救，不然就不行。"这是他对美食和用餐的独特理解与感慨，一个人吃饭也很幸福。蒋勋说道："不用去想如何消灭孤独，可以想想如何完成孤独，给予孤独，尊重孤独，与孤独和平共处。"当我们无人陪伴时，学会善待自己，诚实面对，找到真正热爱即可。

平庸的人用热闹填补空虚，优秀的人在孤独中成就自我。越是优秀的人越不会在人群中汲取满足感。在无人问津的日子，他们懂得寻找内心的诗意，享受孤独。

朋友是一壶老酒

周华健的《朋友》曾这样唱道："朋友不曾孤单过。一声朋友你会懂。还有伤，还有痛，还要走，还有我。"朋友之间的陪伴，就像一壶老酒，愈久弥香；也像尘封千年的古董，越老越珍贵。它无关金钱、权势、地位，只在于细水长流真心相伴。每个人都会经历风风雨雨，起起落落。那些与你一起走过风雨，历过岁月，却还愿意留在你身边的人，才是生命中对你最真的人。因为他们的存在，我们才能感受到这世间最温暖的陪伴。

在大城市生活久了，时常忙着工作、生活，朋友渐行渐远，但只要一联系，时间仿佛从未把我们分隔过。很久没联系的朋友珊给我打电话，我们很久未见但还是一如以前一样热情地聊天，从大学生活，孩子的教育到父母亲的健康以及婚姻生活，在各种感叹时光流逝中开始互相鼓劲，要在忙碌工作照顾好家庭之外，也要学会爱自己。挂了电话不知不觉已两个多小时。

想起唐代诗人王维，王维的最后一年是和好朋友裴迪在一起。王维经常把他写进诗里，如《山中与裴迪秀才书》《赠裴迪》。他们的友谊让人羡慕，他和裴迪虽然身份悬殊，一个是尚书右丞， 一个是秀才，但裴迪是王维的贴身秘书，给他编纂文集，是他牵肠挂肚之人。

他们在相处的日子里，斗嘴也是一乐。他对裴迪很好，别人不敢损王维，裴迪却敢；裴迪外出，为了他回来吃上菇炖鸡汤，王维在山中采菇差点迷路；怕裴迪外出喝酒伤身，花了一夜的时间写了三封信拜托友人看到他要提醒他少喝酒，回家来休养生息；裴迪冒充他的画付酒钱，当买家拿着字画来让他在画上题词时，他没有拆穿还心甘情愿在画上题了诗，帮裴迪解决麻烦事；皇帝赏赐给王维的璞玉，他送给了裴迪，裴迪却一转身拿去换了酒，但王维也没有怪他，甚至他晚年还被打也是因为裴迪。可见王维对裴迪是深爱的。他们有时相互嘲弄，有时相互安慰，内心深处是信任和依恋，着实让人羡慕！

马克思说："我原谅你是因为你并非完人，而我也是……我们无法选择自己的缺点，它们是我们的一部分，我们必须适应它们，然而我们能选择自己的朋友，我很高兴选择了你。"唯一值得庆祝的，就是认识你，成为你的朋友，哪怕你也不完美，但我们彼此包容，不再孤独。

朋友是那个在你恐惧和迷茫时，对你不离不弃，愿意听你倾诉，甚至不遗余力拉你一把的朋友，是生命的礼物，哪怕在漫长岁月中走散，你也知道自己不再是孤单一人。

书信里的爱情模样

《神仙爱情》这本书里精选了鲁迅、萧红、朱自清、闻一多、庐隐和朱生豪写给爱人的信。在这些珍贵的书信里，让我感受最深的是看到了他们三观超正的神仙般的爱情。

爱情是大胆地追求爱与被爱。在中国现代文学史上，鲁迅无疑是闪亮的那颗星。在人们的眼中，他是严肃而不懂爱情的，但在他写给许广平的书信里，我看到了爱情是有魔力的，鲁迅甜甜地喊着许广平“乖姑”“小刺猬”。在信中写下：“雪落在我的肩上，我回头望去，只是看见了你和春天罢了。”伟人遇到心爱的人，也会大胆地追求爱与被爱，有情人终成眷属。

爱情可以让人变成“宠妻狂魔”。朱自清的《荷塘月色》和《背影》让我们读后惊叹他文笔的美妙，他在爱情里也是让我惊喜连连。“宠妻狂魔”的他在信的落款处写道：“亲爱的隐隐”“亲爱的林妹妹”“我的宝”“我的乖”，让人读后甜齁。廖一梅曾写过：“有了爱，可以帮助你战胜生命中的种种虚妄，以最长的触角伸向世界，伸向自己不曾发现的内部，开启所有平时麻木的感官，超越积年累月的倦怠，剥落一层层世俗的老茧，把自己最柔软的部分暴露在外。”

“喜欢一个人，会卑微到尘埃里，然后开出花来。”民国四大才女之一张爱玲，她一生都在寻找一个可以托付终身的男人。读她的书信，我能感觉她在爱情面前，是那么卑微渺小，那么让人牵肠挂肚。看着这些透着爱意的信，我想这便是爱情最好的模样！

爱情也是双向奔赴的美好。在爱情中爱得热烈的闻一多说：“亲爱的，我不怕死，只要我俩死在一起。我的心肝，我亲爱的妹妹，你在哪里？从此，我再也不放你离开我一天，我的肉，我的心肝！你一哥在想你，想得要死！”还有庐隐在写给李唯建的书信中写道：“希望你温柔地用你的双臂将我环住吧。”在那个动荡年代，朱生豪和宋清如聚少离多，全凭鸿雁传书，寄相思诉衷情。有人说朱生豪一生只做两件事情——翻译莎士比亚和爱宋清如。一直内向、矜持的朱生豪在平时喜欢用行动来表达爱，他在信里写道：“想把你抱起来高高地丢到天上去。”他还会对宋清如撒娇说：“不许再叫我先生，否则我要从字典里查出世界上最肉麻的称呼来称呼你。特此警告。”爱情最美的样子是你侬我侬，也是长相厮守的美好。

“在我们一生中，遇到爱遇到性都不稀罕，稀罕的是遇到了解。”从古到今，爱情是少年时的青涩暧昧，青年时的浓烈奔放，中年时的相濡以沫，白发苍苍时执子之手与子偕老的陪伴。好的爱情便是初遇时的心动和甜蜜，相知时的欣赏和接纳，平淡后的相守，困境中的扶持，流年里的不弃。

《神仙爱情》这本书通过展示这些文学大师的书信，让我们看到了爱情的多面性和复杂性。它让我们明白，爱情不仅是一种情感，更是一种生活态度和价值观。在这个快速变化的时代，我们应该珍惜身边的爱情，用心去经营和维护它。同时，我们也应该学会在爱情中保持独立和自我，不断成长和进步。只有这样，我们才能在爱情中找到真正的幸福和满足。

春日夜读乐陶陶

春日夜晚，微风轻拂，泥土的清香透过窗棂，与室内的书香交织在一起。此时的我，正坐在窗边，手中捧着一本心爱的书，让思绪在文字间游走。春夜读书，已成为我生活中不可或缺的一部分，那种沉醉于书中的感觉，仿佛让我置身于另一个世界。

记得上初中时，我在大伯家看到了很多书，就借着回家看，没想到一翻开，我就被书里的世界吸引了，读得停不下来，爱不释手。《钢铁是怎样炼成的》《呼啸山庄》《飘》《巴黎圣母院》《简·爱》……我时常从白天看到晚上，一直如饥似渴地读，看到凌晨 2 点才恋恋不舍地放下睡觉。记得读《红楼梦》时，我感觉我就是那林黛玉，看她哭我也跟着哭，恍然不知身在何处，只在书的世界里驰骋游荡。

我读大学是在杭州，江南的夜晚总是安静舒适，是读书的绝佳时光。我喜欢晚上去学校的图书馆看书，只要看到那一排排铁柜上的书，我内心都会欢呼雀跃。我喜欢读中外名著也喜欢读散文哲学。在鲁迅的书里，佩服他的一支笔胜过千军万马；在王小波的书里，喜欢他笔下那个特立独行的猪；在《曾国藩传》里，看到曾国藩的读书秘诀深受启发；在三毛的笔下，我看到了爱情的美好以及追求自由的快乐！那时，同学们叫我“书痴”，如果晚上有人找我，她们就会说我肯定在图书馆或者是去图书馆的路上。

我还喜欢晚上去学校附近的图书大厦。书店白天热闹非凡，但晚上的书店人少安静，可以尽情享受夜读。我会在书店的落地窗前坐在地上一本本地读，看到精彩的地方就摘抄在本子上。我总是沉浸在书里，心静如水，它们让我明白生活的意义、人性的复杂、世间的美好与苦难。我也更加努力学习，在学校拿了奖学金、奖状，也如愿以偿地留在了杭州当老师，我总是鼓励我的学生们多读书、读好书。因为我知道，那些书中的故事与智慧能够为他们的人生带来无尽的启迪。

工作以后，白天忙工作，那夜晚便是读书的好时光。即使加班很迟回家，我也总是会在睡前看会儿书，这是我每晚必做的功课。这些年，我每年都会看 80～100 本书，看书也越来越杂，历史、哲学、散文、小说、诗歌，我喜欢沉浸书中，与智者对话，看别人的故事，想自己的心事。在夜晚，书温暖着我，带走浮躁失意，给予我滋养和馈赠，让我感受到内心的宁静平和。

我喜欢春日夜读，享受那随心所欲、恣意舒适。没有白天的繁杂和喧嚣，手捧一本书，在沙发上、被窝里静静地读，细细地品味，跟随主人公经历悲欢离合，人生的起起落落，没有比这更惬意的事情了。有时读到一本好书，我也会停不下来，有时直接看到天亮才发觉看了这么久。

夜读的乐趣在于它的清静与专注，在于它让我感受到生活的深度与广度。正如罗曼·罗兰所说："和书在一起，永远不会叹气。"在这个充满生机与希望的季节里，让我们一同拿起书本，让知识照亮我们的心灵，让智慧引领我们前行。因为在这个世界上，没有什么比读书更能让人沉醉其中、忘却烦恼的事情了。

聆听生命的赞歌

旅行时，我一个劲儿忙着拍照，直到双腿酸痛，才找了块石头坐着歇息。我向远处望去，被一株小花吸引了。周围全是光秃秃的悬崖峭壁，这株花从石缝中挤出，探着身子绽放自己的生命，细弱的花枝随风摇摆，嫩嫩的花骨朵儿惹人怜惜。导游说这是小岩花，它多长在海拔高的石缝中。在悬崖峭壁之上，只见它牢牢抓住绝壁，静静地绽放鲜艳的花朵，风来听风，雨来听雨，傲然绽放成为悬崖峭壁上一抹亮丽的风景。我仰望着生命力顽强生长的小岩花，心中不禁充满了感动和敬畏。

命如岩花，不屈不挠。电视剧《大江大河》也带给我这种感动。剧中的宋运辉是生活在底层的少年，他白天和大家一起养猪，晚上收拾完手中的活，别人结对去玩，宋运辉就独自坐在破旧的房子里自学高中课程。他没有喊苦喊累，在困难面前咬牙坚持。对于他来说，考上大学是他的救命稻草，可以让他摆脱困境，到达更广阔的世界。通过努力他考上了大学，进入大学后，他一头扎进专业，大量翻看相关文献。他把所有跟学习有关的机会都视若珍宝，哪怕一份报纸，他都小心翼翼对待。毕业时他凭着过硬的专业能力找到心仪的工作。他生命力顽强，努力活出了自己的尊严。

心中有诗意，生命更坚韧。《月光落在左手上》是脑瘫女诗人余秀华的诗集。在这部诗集里，我读到了她积极向上、坚韧坦然的人生态度。她每天打水，煮饭，按时吃药。高中学历的她，每日坐在书桌前写诗，每写一个字都非常吃力，要尽力保持身体的平衡，才能把字歪歪扭扭地写出来。在《我爱你》这首诗里，她写道："阳光好的时候就把自己放进去，像放一块陈皮。茶叶轮换着喝：菊花，茉莉，玫瑰，柠檬。这些美好的事物仿佛把我往春天的路上带，所以我一次次按住内心的雪……"虽然生活中困难重重，但她心中仍然充满对美好生活的向往，把日子过成了诗。

我忽然明白余秀华这份坚韧坦然从何而来，是她对美好生活的信念给了她在困难面前不屈不挠的勇气，像悬崖峭壁上顽强生长的小岩花，像穷苦孩子努力活出了自己生命的尊严。

诗与远方的行者

人生如行旅，匆匆而过，却总有某些瞬间值得驻足、回味。梁永安老师以其独特的行走随笔集《身体和灵魂都在路上》为我们描绘了一幅关于旅行、阅读与写作的生动画卷。在快节奏的生活中，他提醒我们，真正的幸福在于“身体和灵魂，必须有一个在路上”。

梁老师从上海到云南，从繁华城市到贫瘠山村，他带着相机，践行“读万卷书，行万里路是最幸福的事情”。曾记得电影《罗马假日》中有句台词：“你可以旅行或者读书，但是你的身体或者灵魂必须有一个在路上。”梁老师一直在读书、写作、旅行和摄影，他是真正的身体和灵魂都在路上，他把生活过成了我们羡慕的样子，诠释了人生最好的风景在路上。

“行”在路上。在旅行中，梁老师出门必带相机，用镜头记录下当地的生活和遇到的人和事。在他的书里可以看到他并不是简单的“行”，而是带着观察者的角度去旅行，生命的体验，人生的思考，青年的未来……他的“行”是一种发现，一种实践，一种阅读和一路创造。我们外出旅行时，也要学会用手机或相机记录生活，在旅行中学会不仅只做一个简单快乐的旅行者，而是要关注幸福的旅行者，做一个真正“行”在路上的旅行者。

而梁老师的阅读与众不同，他不仅是为了读书而读书，更是为了将书中的知识与生活中的体验相结合。曾经辩论赛出的题目是“相爱容易相处难”，我想到了李商隐在诗中提道：“直道相思了无益，未妨惆怅是清狂”。鲁迅和钱钟书在书里写道：“中国人只有恩爱，没有恋爱。”梁老师的爱情观是：“爱过于沉重，喜欢才可以长久。和喜欢的人在一起，相处起来才不难。相爱的人大多是内心的激情，要有浪漫和理想。”读完不得不感叹他的爱情观是多么睿智。我们在面对爱情、生活时，可以让自己真实、真挚和真率，真实留给内心，真挚献给恋人，真率交付给悲欣交集的世界。这样的阅读，不仅是为了获取知识，更是为了丰富自己的人生体验。

“写”在路上。人生并不复杂，百分百投到一件自己喜欢又有时代价值的事，就很完美。他说生活处处是写作素材，你在旅行中遇到的人和事都可以记录下来。他在旅行中记录了云南的阿着底村，写他们的生活习俗，民族刺绣，村里的爱情故事……在他的书里你能看到直达人心的温暖故事，我们在生活中也要学会记录，你会发现写作真的很简单。

马克·吐温曾说：“读书和旅行会让你成为一个更好的旅行者。”梁老师，不仅读万卷书也行万里路。如果你也向往诗和远方，不妨看看梁老师的这本书，跟着他一起旅行，用脚步丈量世界，用身心阅读，用头脑去创造，感受一路的风土人情，用心记录生活中的美好。

带着书本去旅行

古人有云："读万卷书，行万里路，二者不可偏废。"此言深得我心。假期出游，我都会带本书去旅行，与之为伴。书籍，如同一位沉默的知己，陪我走过山山水水，让我在两个平行的世界中自由穿梭。

在旅途中我喜欢静静地打开书，任文字在眼前跳跃。看累了，便抬头望向窗外，那窗外流动的风景，与书中描绘的世界交织在一起，构成了一幅幅美丽的画卷。书中的故事，或悲或喜，或深沉或幽默，都成为我旅途中最宝贵的回忆。

梁永安教授在旅途中也会带着书，有空就读，还有作家杜鲁门卡波特也喜欢出门带上书。看来带本书出门深受大家喜欢。我喜爱的作家毕淑敏曾说："人不管在哪儿，其实一直都在路上，这条路是去路，亦是归途，与风景的变幻无关。乘着车，读着书，我是去远方探望，也是回心灵的故乡。"是啊，出门带本书，可以在旅行中读书，又可以在读书中旅行，见识会在潜移默化中渐渐增长。

出门带本书，短途游时，我会带上《读者》《青年文摘》或者小而薄的散文诗集，它们小巧玲珑，却蕴含着丰富的内涵。在旅途中，我时常会与同游的家人分享书中的精彩片段，那些感人至深的故事，那些幽默风趣的笑话，总是能为我们的旅程增添不少欢乐。

一个感人的故事，一个幽默的笑话，都能给旅途带来惊喜。如果长途旅行，那我会带上新买的书《北去来辞》《如我如鲸》《人间信》等。它们陪伴我度过了许多长途旅行的时光。

记得有次去海岛旅行，当时遇到台风，我们的船不得不返航，船舱里各处很嘈杂，大家都很烦躁。但我和我的家人却每人一本书，安静地坐在船舱里看书，当看到精彩之处，女儿会让我看看她的书，我也给她讲讲我书中的故事，4个小时的时间一晃就过去了。那一刻，我们仿佛置身于一个静谧的世界，忘却了外界的喧嚣。

当然有时看书也会忘记时间，看得如痴如醉，错过站也常有。有时跟家人一起，他们知道我爱看书便会提醒我。而我，也总是笑笑，心中满是歉意。为了避免这样的错误再次发生，当我独自一人旅行时，我就会在手机上定个闹钟，以确保不会错过任何重要的时刻。

旅行的意义，或许并不仅在于欣赏风景，更在于心灵上的收获。带上一本书，让书香伴随着旅途，无疑是一种最美的享受。作家约翰逊说："一个人在旅游时必须带上知识，如果他想带回知识的话。"在旅途中，书籍是我最好的伴侣，它让我看到了世界的广阔，也让我感受到了生活的美好。

奥古斯·狄尼斯曾说："世界是一本书，不旅行的人只读了其中一页。"是啊，人生就是一场旅行，而书，则是这场旅行中最宝贵的财富。它让我看到了不同的风景，也让我感受到了不同的情感。每一次翻开书页，都是一次新的旅程，每一次合上书本，都是一次心灵的收获。

让我们在旅行中带上一本书吧，让书香伴随着我们的脚步，让知识丰富我们的心灵。在旅途中与书相伴，让我们的生活更加丰富多彩，让我们的人生更加精彩纷呈。

与书店相伴的日子

春天，微风轻拂，万物复苏。我在书店里，手捧着一本心爱的书，闻着室内的书香，让思绪在文字间游走。读书已经成为我生活中不可或缺的一部分，那种沉醉于书中的感觉，仿佛让我置身于另一个世界。

记得小时候跟随母亲来书店买书，那是我第一次进书店。我被眼前琳琅满目的图书震惊了，我迫不及待地翻开书，被书里的世界深深吸引住。《钢铁是怎样炼成的》《呼啸山庄》《飘》《巴黎圣母院》……每一本我都爱不释手。母亲虽然挣钱不多，但她一直鼓励我好好学习，多看书。看我喜欢这些书，她二话不说通通给我买回了家。我时常从白天看到晚上，有时一直看到凌晨才恋恋不舍地放下书本。

参加工作以后，单位离书店很近。学校每年要采购图书，我总是会跟同事到书店为孩子们挑选适合他们的图书，每次书店的店员总是耐心地和我一起选书，让我觉得她们像家人一样贴心。当一本本书摆在学校的书架上，看着孩子们在阅读室里津津有味地读书时，我总是快乐不已。

如今我已为人母，我的女儿也喜欢和我去书店看书、买书。我们手捧一本书，静静地读，细细地品，跟随主人公感受他们的悲欢离合。我们家每年要买 100 多本书，家里两个书房的书满满当当，我和女儿时常写作，女儿的作文和我的文章经常登上报纸、杂志。我想我这一路走来，我的孩童时代，我的青春年华，我的成长之路，那一个个书店，无疑是我人生中不可或缺的一部分。

书承载着我们的思想和想象，使我们充实，在书中感悟人生百态。而一间书店无疑是一座精神家园，我喜欢待在其中到天荒地老。正如罗曼·罗兰所说："和书籍生活在一起，永远不会叹气。"在这个充满生机与希望的季节里，让我们一起走进书店，寻一静谧之处，一同拿起书本，让知识净化我们的心灵，让智慧引领我们前行，度过书香里快乐的时光。

我的三个写作搭子

到了中年的我开始写作，我遇到了志同道合的朋友。我们围绕着这一共同的热爱——写作，互相激励，分享心得与技巧，他们逐渐成为我创作道路上不可或缺的伙伴，我的“写作搭档”。

第一位写作搭子，是比我年长的满老师。我刚认识他时，以为他和我一样是刚写作的新手，结识后，发现他已出过书还在报社工作，他的文章自成一派，文风老练，让人读了如沐春风，我时常沉醉在他的文章里。他经常给予我鼓励。当我觉得自己写作已经很勤奋了，可他比我写得更多，写得多自然发表的也多，让我既羡慕又崇拜。他时常会跟我说投稿要注意的地方，我总是虚心接受。有一次，我给了编辑 4 篇稿子，他说我这是不对的，还给我写了一段他的看法，我第一次像个学生一样面红耳赤，原来投稿也有这么多窍门，让我受益匪浅。

第二位写作搭子，是搞建筑的庞老板。看他的朋友圈，他时常在给人家装窗户、造房子，与水泥钢筋为伍。就是这样一位工作忙碌的老板，却写得一手好毛笔字，写散文和诗信手拈来。他时常去公园散步就作诗一首，直接投稿也是今天投稿明天就发表，让我不得不佩服他就是当代的诗圣。我们时常交流写诗的心得体会，有时，我也把自己写的诗给他看，他总是耐心看完给我好的建议。

第三位写作搭子，是比我小，在企业当部门经理的敏。我们都是写作新手，平时工作都忙，写作是发自内心的喜欢。我们时常交流写作如何选题，如何摘抄好句，还有互相帮忙选题目，当我们各自的文章发表在报纸上时，我们会真诚地为对方鼓励、夸奖，比自己上稿还开心。

不知不觉，我们几个认识已经有 8 个月。那日敏问道：“咱们几个应该算闺密还是知己？”我突然想到现在流行组“饭搭子”，我说：“我们都是‘写作搭子’！”顿时，我们都乐得合不拢嘴。

我们的队伍横跨“70 后”到“90 后”，身处广西、湖北、浙江，尽管距离遥远，却因文字和写作紧紧相连。虽然未曾面对面交流，我们已经成为彼此在写作道路上最坚定的“写作搭档”。愿我们的笔尖永远灵动，书写的故事遍布全国各地的报刊，绘出一幅幅精彩的岁月画卷。

读书的态度，决定人生的高度

《曾国藩传》是张宏杰写的一本畅销书，曾国藩不仅是杰出的政治家，也是好读书、善读书之人。这本书里最让我震撼的是他对待读书的态度，他说："只要立志苦读，欲为孔孟，就必成孔孟。"

曾国藩读书态度着重一个"勤"字。在他出任两江总督和直隶总督时，连在旅途中他也读书不辍。甚至一只眼睛因病失明也没放下书本。他强调读书时要三勤：眼勤，每日读书；脑勤，勤于思考；手勤，多练多写。坚持每日读十页书，将"勤"字践行到底，而"勤"也造就了他的步步高升。想到董仲何尝不是潜心读书，三年不窥园，才终成西汉著名的思想家。我们也要勤读书，让书成为生命中的补给，赋予我们对抗世事无常的心态和能力。

曾国藩读书还贯彻了一个"恒"字。他认为"有恒则断无不成之事"，要想读书有成，要养成持之以恒的习惯。曾国藩教育儿子："学问之道无穷，而总以有恒为主。"正是他的持之以恒奠定了他内圣外王的人生基础。古人云：行百里者半九十，做任何事情都不能半途而废。在快节奏的世界，保持内心的平静，看书是最好的选择。不妨设定一个小目标，如一天读十页书，持之以恒，相信你的人生会变得不一样。

曾国藩读书更讲究一个“专”字。曾国藩认为钻研学问没有固定方法，唯有专。他说：“若志在经典，只须专攻一种经典；专在科举文体，须看一家文稿；志在古文，须专看一家文集。万不可以兼营并务，兼营并务势必一无所能。”因此曾国藩读书注重专研，不读懂上一句，绝不读下一句。不读完这本书，不摸下一本。有了目标之专，才能精读每一本书；有了用心之专，才能把书读透。在读书时要像工匠般精雕细琢，才能领悟精华。读书不专，泛而不精，领悟自然也不深，不如找到自己喜欢的领域，把它研究透彻。

王安石言：“不患人之不能，而患己之不勉。”曾国藩每时每刻都要求自己遵守圣人的标准，脚踏实地勤奋，终身阅读，由此达到了“立功、立言、立德”的境界。 若我们也能如曾国藩一般静下心读书，做到“勤”“恒”“专”，必定会有收获。

名著里的父爱

父爱，是生命中最深沉、最复杂的感情之一。它如同一座沉默的大山，虽不常以言语表达，却在无声中为我们遮风挡雨，支撑起我们成长的天空。每个父亲表达爱的方式都不尽相同，有的质朴笨拙，有的严厉克制，还有的宠爱有加。但无论形式如何变化，父爱的内核始终不变——那份对子女的无私与深沉。

父爱是质朴笨拙的。在朱自清的《背景》里，我读到这段："他用两手攀着上面，两脚再向上缩；他肥胖的身子向左微倾，显出努力的样子。"作家朱自清的笔下这些简单的描述，把他父爱质朴笨拙的一面展现在我面前，让我看到了父爱，无须用任何华丽的词汇修饰，它就这样直接地击中内心，让人回味无穷。面对这样的父亲，我们只有用子女最好的爱回报给父亲。

父爱是严厉克制的。读《红楼梦》时，宝玉的父亲贾政让我觉得他是这样的父亲。贾宝玉的眼中父亲是严厉的，时常骂声不断，还不时大板子伺候。他听到父亲叫他，吓得打死也不敢去。被母亲劝着去见父亲也是磨蹭着挨着门，敛息静气，听见可以离开，慢慢退出来，转身一溜烟跑回去，快乐如脱兔。但在书里还是让我看到了父亲对他的爱，父亲经常关心宝玉的功课，时常让儿子展示。当宝玉题了无数匾额对联，父亲马上点头微笑，满是对儿子的骄傲和赞许。但他猛然发现自己没收住不能给儿子好脸色，顿时改成责骂儿子。让我看到了他在维护父亲的威严人设，还有对儿子克制的爱。

父爱是宠爱有加的。当遇到这样的父亲，那子女无疑是最幸运的孩子。读《高龙巴》这本书时，我对丽第亚小姐的父亲印象深刻。书中写道："他自从太太故去以后，对一切都用女儿的眼光看的。在他心中，意大利千不该万不该使他女儿厌烦，所以它是世界上最可厌的国家。"书中的父亲是女儿奴，他对女儿的宠爱让人羡慕，他不仅是在物质生活的层面，还在情感上给女儿全力支持。当女儿不喜欢意大利，父亲也因此厌烦了意大利。父亲对女儿的爱，还体现在支持她对婚姻的选择，做女儿坚实的依靠。当她爱上了与自己的身份并不匹配的青年，她担心父亲的责备，没想到："她抬起眼睛，看见父亲脸上没有一点气恼的表情，便扑在他怀里把他拥抱了。"父亲不但接受了女儿的选择，还带着他们去了家乡爱尔兰。拥有这样的父亲无疑是幸福的，他为她人生道路一路保驾护航。

高尔基曾说："父爱同母爱一样的无私，他不求回报；父爱是一种默默无闻，寓于无形之中的一种感情，只有用心的人才能体会。"父爱，这份深沉而又复杂的情感，永远值得我们去探索、去感悟、去珍惜。在我们成长的道路上，父爱如同那永恒的灯塔，指引我们前行，给予我们力量和勇气。让我们以感恩的心，回应这份伟大而无私的爱，让父爱的光芒永远照亮我们的人生。

静气的力量

“忙里偶尔偷闲，闹中偶然觅静，于身于心，都有极大裨益。”朱光潜的这句话，仿佛是一个悠悠岁月里的叮咛，细水长流，润物无声。他告诉我们，那偶尔的闲暇与安静，是内心的一片绿洲，是灵魂的一次呼吸。

在快节奏的生活里，我们似乎忘记了内心的呼喊。有时，外界的喧嚣与内心的杂念交织在一起，使我们失去了自我。此时，静气如同一把钥匙，打开了我们内心深处的那扇门。

这静气，如同古人云：“静能生慧。”它赋予我们思考的空间，赋予我们感受生活的能力。静气是人生的一种境界，一种修炼。它让我们在繁忙的生活中找到了片刻的宁静，让我们在浮躁的社会中找到了内心的安然。

央视《诗词大会》节目有一位女选手叫武亦姝。当一句句古典诗词，从浅笑颔首的她的口中吐出，如同清风拂过山岚，白云流过天际。节目从头到尾，无论赛场的气氛多么紧张热烈，无论对手多么咄咄逼人，她的身上总是从内到外散发着一种沉着冷静、泰然处之的气场。既有英勇，亦藏惊鸿。她凭借不俗的实力和稳定的心态最终摘得桂冠后，她的家庭也逐渐被观众了解。武亦姝的爸爸每天 4:30 后就关掉手机用心陪伴，她每天安安静静地在家练字、背唐诗宋词。就是这样一个爱读书、有静气的家庭，给了武亦姝正向的加持，引领她走上了成功之路。她曾在网上发了自己写的诗句：“人能常清静，天地悉皆归。”就是这种静让她成为心灵丰富而有趣的人。

正如《大学》里写道：“知止而后有定，定而后能静，静而后能安。”静气的奥秘，古人早已悟到。宋代的理学家程颢曾在七律诗作《秋日》中传递了相近的意蕴：“万物静观皆自得，四时佳兴与人同。”一觉醒来，察觉东边窗被阳光照得通红，惯常可见却又易被忽略的趣味与惬意，淡然而生。程颢像少年一般，步入林泉中，听松、赏菊、观瀑，耳边只有风语和树木摇曳的簌簌声，再也没有红尘纷扰，也不再有官场中的烦心事，以静获取一份有趣。他把这种心情写进了诗里，把日子过成诗，守一颗静心，心静则灵魂自由！

丰子恺曾说：“既然无处可逃，不如喜悦。既然没有净土，不如静心，既然不能如愿，不如释怀。”这是他对生活的理解与感悟。他的灵魂因为有了静气而变得有趣。他在喧嚣中泰然自若，那是因为他有一颗静心。

有趣的灵魂都是有静气的。在这个喧嚣的世界里，我们都需要找到那份静气。那是一种内心的平静，是一种对生活的热爱。那是一种无论外界如何变化，内心都能保持平静的能力。

贺卡暖新年

当新年的钟声敲响，我的手机不停地发出声响，那一条条祝福的信息如潮水般涌来。我打开信息，是亲人、学生、朋友发来的电子贺卡。在动听音乐的伴奏下，贺卡图案精美雅致，动画有趣丰富。但在我心中，最让我记忆深刻的却是那些纸质贺卡。那些手做的卡片，手写的字迹，卡片里承载着真情实感，弥足珍贵！

让我印象深刻的贺卡，是我的学生帆亲手为我做的。那时，我刚毕业做老师。刚上班的那天，一位老教师对我说："你们班有个'大魔王'，他已气走好几位老师了。"刚毕业的我并没有被这些话吓倒，反而坚信自己可以和他做朋友。帆喜欢用脑筋急转弯考我。于是下班后我去书店找书，网上查资料狂补脑筋急转弯知识。后来，他发现难不倒我而且我会的比他多，就很佩服我。我知道他父母离异后，经常关心他，听他说心里话，给予鼓励。我还跟他父母沟通，建议他们平时多陪伴他。当他毕业时，抱着我痛哭说不想离开我，不想离开学校，我也不舍地跟着他流下眼泪。过年收到他亲手做的贺卡，粉色的纸上画了我和他的头像，内页白色的纸上写着："张老师，我很想你，祝你新年快乐！"我流下了幸福的眼泪。做老师的幸福便是那些年与孩子们相互陪伴的日子，他们纯真的笑脸和话语，我们彼此珍藏。这虽然是普通的手写贺卡，却带给我惊喜和感动，这是任何电子贺卡都无法替代的。

还有一张贺卡也让我无法忘记。记得我毕业那年，刚好教师编取消，无分配。当时找到的教职每月工资 900 元，而租房每月至少 1500 元。当时班里的大部分同学都去找高薪工作，放弃了教师职业。我面对理想与现实的差距，感到迷茫、无助时，收到了母亲给我寄来的贺卡，她在贺卡上写着："宝贝女儿，你只管做你喜欢的工作，钱不够，我们会寄来。"贺卡上的每一个字都充满着母亲对我浓浓的爱意和支持，饱含着母亲对我工作的无尽期待。这张小小的贺卡，让我在寒冷的冬天感受到温暖，让我更加坚定了自己当老师的初心。

虽然纸质贺卡没有电子贺卡华丽的外表，但有它无法替代的魅力。无论身处何地，无论岁月流转，这些贺卡表明总有人在关心、爱护着我。它让我感受到家人、朋友、学生对我的关爱和祝福，我会一直怀念、珍藏。

如今，在这个信息化的时代，电子贺卡方便快捷，但是我不会忘记纸质贺卡带给我的感动和温暖。在新年的暖阳中，它是浓浓的情谊，真真的祝福，它是藏在新年里的暖，留下缕缕芬芳。

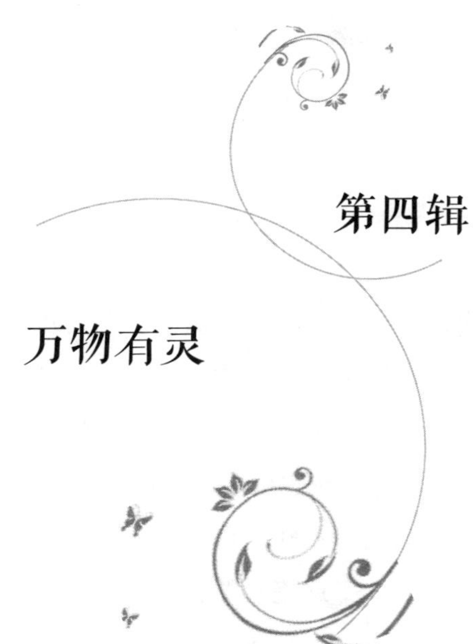

第四辑

万物有灵

永不躺平的月季花

每天开车出门上班，高架上的月季花，红的、黄的、粉的……开得艳丽，装扮了高架，在城市的钢筋水泥间绽放着生命的绚丽。它们随风摇曳，每一片花瓣都在诉说着属于自己的故事，似乎在告诉每一个匆匆赶路的行人，生活虽忙碌，但美好依旧。

此时此景，让我想到了小时候院子里的月季花。那时的我，尚不知世间烦恼，只知道母亲爱花，尤其偏爱月季。在院子的角角落落都种上了这艳丽的花儿。每当春天来临，那些月季便如约而至，开得如火如荼，将整个院子都装点得如诗如画。

那年高考的前一个月，我最爱的母亲生病，当得知这个消息后，我在学校里如坐针毡，一心想回家照顾我的母亲。高考那些天，母亲住院，父亲忙着照顾母亲还有幼小的弟弟。我独自一人参加高考，心想考完去医院看母亲。

高考后每日在家洗衣做饭照顾母亲和弟弟。当太阳好时，我便扶着拄拐杖的母亲在院子里晒太阳，看开满院的月季花，外表艳丽动人的花朵可任人远近观赏。宋朝的张耒在诗里写道："月季只应天上物，四时荣谢色常同。"大文豪苏轼也喜欢月季，曾赞美月季："牡丹最贵惟春晚，芍药虽繁只夏初。唯有此花开不厌，一年长占四时春。"牡丹花最出名也最昂贵，但只是在晚春一个时节盛开，芍药花虽然茂盛，繁花时节也只是在初夏。唯有月季不厌其烦四季里都开放。

看到高考成绩的那一天，我伤心落泪，高考失利，名落孙山。学校老师建议我复读一年，明年肯定可以考上理想的大学。我伤心地回家，也不想吃饭，在房间躺着黯然神伤，默默地流着泪。

母亲拄着拐杖来到我的房间，她默默地把院子剪下的月季花插在花瓶里放到我的书桌上。然后她轻轻揽我入怀，用手拍打着我的背，我终于再也忍不住“哇”地放声大哭。母亲用纸巾轻轻为我擦拭眼泪，鼓励我趁着年轻，不要轻易放弃自己的理想。母亲指着花瓶里的月季花跟我说：“你看，月季花的花朵小小的，却开得像牡丹一样美，它们一年四季，无论环境多么恶劣，它们都在努力绽放自己的生命，永不躺平。你要像月季花一样，朝你的梦想努力向上生长，你也会有成果的。”听完母亲的话，我下决心去复读，即使再拼搏一年也是值得的。那一年，我时常挑灯夜战，奋力苦读，最终如愿考上了师范大学。

每年夏天看着院中的月季花，我就会想起高考落榜的事。我想到一生历经挫折的苏轼在《月季》中写道：“只道花无十日红，此花无日不春风。”是啊，我们心中的月季花，是那么顽强，那么不甘平凡，别的花儿花期最多十几天，而月季属于真正的“女汉子”，她适应性强，耐寒，不挑不拣月月开花，所以它是名副其实的“永不躺平的花”！而我们要像月季花一样，即使生命短暂，也要用力绽放！

愿我们拥有一颗童心

随着六一儿童节的来临，我的社交圈里充满了节日的气息。朋友们互相发送“儿童节快乐”的祝福，互赠礼物，甚至有人去点上一份“儿童套餐”，在社交媒体上打卡纪念。这一切让我意识到，尽管我们已是成年人，但对这个属于孩子的节日依然怀有深厚的情感。翻看着朋友圈里的各种动态，我想，只要我们保持一颗童真之心，那份纯真的快乐就永远伴随着我们。

人们在长大后，总会感叹“如果不长大该有多好啊！”在《彼得·潘》这本书里，彼得·潘是一位不愿意长大的孩子，他每年都会带领相信童话的孩子经历一次冒险和难忘的童年。孩子们在短暂童年时光里留下最珍贵的记忆和快乐，最终长大成人。主人公温蒂便是得到彼得·潘邀请的幸运儿，这次奇妙的旅行无疑是温蒂一生最快乐的时光。

作者在创作这本书时经常看到孩子们在公园里玩海盗和仙子的游戏，孩子们的单纯和童心深深地吸引了他，当他驻足旁观时，也常被孩子们邀请参与游戏。游戏唤醒了作家渐渐遗失的童心，激发他的灵感，便写就了这部儿童文学的传世经典。

同样活出了率真和童心的人还有画家韩美林，他画笔下的十二生肖作品，那细腻的笔触，萌萌的画风，都是他对生活对事物最细微的体察。名利与岁月并没有消磨掉韩美林的童心，他的画风是受了小朋友的启发，他笔下的动物，造型奇特，神态逼真，憨态可掬，独成一派的作画风格是他具有天真烂漫的童真和独具现代审美的艺术特色。

保持童真，对生活充满热忱，不断学习和成长，享受每一个快乐的瞬间，这才是最美的生活态度。只有拥有童心的人才会珍惜生活中的点点滴滴，发现那些微小的幸福。当我们心怀如水晶般的童心，每一处都是快乐的源泉，每一处都有美好存在。如果我们都能保持一颗纯真的心，对世间万物抱有好奇和探索的心态，时刻寻找美、感受美，那么我们就能永远活在一个充满快乐的“童年”里。

宫崎骏曾说：“岁月永远年轻，我们慢慢老去。总有一天你会发现，童心未泯是一件值得骄傲的事情。”童心是对生活无限热爱的体现，它让我们在经历世事的洗礼后，依然能展现出快乐与豁达。

温暖的细碎时光

午后，整理抽屉的时候，看到了一个信封，不经意一碰，一张张纸片随之飘落，掉落在地上。我一一捡起，原来是当年我带着女儿来杭工作，先生每周来往两地的高速收费票。

那一张张票据，有点儿泛黄，上面还有先生熟悉的字体，有一张上面写着：“今日路上不堵车，很想快点见到你和女儿。”看完这温暖的文字，一下子把我拉回那年两地分居的时光。那时，我带着女儿来杭工作，工作和照顾女儿忙得不可开交。那时每晚通电话，他总会安慰我，知道我辛苦，他会尽快调动来杭，一家人相聚。每个星期的周五，是他开车来杭和我们相聚的日子，周末也是全家人最快乐的时光。这一张张的收费票，纸条上的只言片语，都让我内心温暖，觉得时光走得那么轻缓、舒适。

曾听母亲跟我讲过“红叶片片寄相思”的故事；有一个妻子特别喜欢红枫，于是丈夫就在院子里种了两棵红枫树。当枫叶开始变红时，他们就会在树下散步，看枫叶时，俩人你侬我侬，情意绵绵。后来妻子得病去世，丈夫总会在院子里看着枫树，盼着枫树快点变红。当枫叶变红时，他把枫叶夹进书里，等干燥后，在叶子上用笔写上：“第一年，我想你！”……“第五年，我想你！”……“第十年，我想你！”……那些写在枫叶上的字句，是他对妻子无尽的思念！

林觉民的《与妻书》是 20 世纪最伟大的情书。他们是双宿双飞的神仙眷侣，总有说不完的情话，在书桌前，在梅树下，留下他们并肩携手的身影。在香港等待起义时，他在信上写道：“我写这封信，泪珠和笔墨一起洒落下来，不忍写完而想搁笔，又担心你不能体察我的衷情，以为我忍心抛弃你而去死，以为我不了解你的是多么的希望我活下去，所以我强忍着悲痛给你写下去……你能体谅我这种心情，在哭泣之后，也把天下的人作为自己思念的人，应该也乐意牺牲我一生和你一生的福利，替天下人谋求永久的幸福了。所以，请你不要悲伤！”他的字里行间透着家国天下的情怀，也让我看到了他对妻子深深的不舍。

这些字里行间的爱和思念，无论是收费小票，是红枫叶，还是一封信，都是生活里的小碎片，它们温暖了人心，照亮了平凡的生活。

免费理发师

清晨路过小区里新开的理发店，看着理发师在给顾客认真地修剪头发，我就想起了我的母亲。

小时候，村子里只有一家理发店，每次剪发都要排队，收费也贵。我的巧手母亲便买回了两把和理发店一样的剪刀和推子。我吃惊地看到，母亲趁着父亲去地里干活时，竟然在剪自己的头发。母亲有一头柔顺的长发，一直不舍得剪，可没想到居然自己动起手来。我吃惊地张大了嘴巴。过了一会儿母亲的长发最终被她剪成了齐肩短发，她问我："妈妈的新发型好看吗？""妈妈，你换个发型也很美。"母亲夸我嘴巴真甜。

到了晚上，母亲要给我们剪头发。爱臭美的弟弟有点担心母亲的手艺，但还是听话地坐下。只见母亲把围裙围在弟弟的身上，然后用梳子给弟弟梳得整整齐齐，再用剪刀"咔嚓咔嚓"左边剪剪，右边剪剪，然后来回修薄，最后还用了推子修整。母亲认真的模样很像专业理发师。剪完她用海绵将碎发擦去，弟弟痒得咯咯笑。剪完弟弟跑到镜子前看自己的新发式，"哇，我好帅！妈妈你好棒！"弟弟对母亲的手艺很满意。

我的头发剪成了那时流行的童发，干净清爽配着我的瓜子脸，母亲说我更漂亮了。而父亲的头发被母亲剪成了寸头，父亲摸着头高兴地说："你真有理发天赋，这发型好，夏天一洗马上干了。”母亲开心地笑了。

有一天我放学回家，发现隔壁的奶奶和爷爷在我家。母亲正在给奶奶剪头发，奶奶开心地笑着。当爷爷和奶奶剪完头发回家后，母亲跟我们说：“他们俩都是孤寡老人，也没有人照顾，去村口剪头发花钱还要排队。我给他们剪，他们更开心。”

后来，母亲免费剪发的事情就传开了，村里很多爷爷奶奶都来我家。天气好人多时，母亲就直接在院子里剪发。在暖洋洋的阳光下，母亲给他们准备了瓜子、花生还有茶水，爷爷奶奶边吃边聊天边等。母亲还买了一面镜子，我和弟弟轮流给她举镜子。有时，我们累了，爷爷奶奶还会给我吃糖果。院子里欢声笑语，母亲的剪发技术也越来越好。

天黑了，最后一个爷爷头发剪好回家后，母亲累得躺在长椅上，我和弟弟知道母亲辛苦，我捏手，弟弟捶腿，这时父亲心疼地说：“晚饭我会做，让你们母亲休息好。”

如今，当我回首那些简朴而又美好的往昔岁月，心中总会涌起一股暖流。虽然现在我理发早已能够走进理发店享受专业的服务，但童年时母亲给我们理发的经历成为我心中无法抹去的记忆。它如同一首老歌，响起时总能唤起我无限的思绪和感慨。那份纯真的欢乐，还有母亲乐于助人的精神，都已经成为我生命中宝贵的记忆。

风吹稻田谷飘香

回家乡看到田间的割稻机和稻田里那一簇簇沉甸甸、金灿灿的稻谷，我就想起了小时候割稻的时光。

小时候，到了农忙时节，父亲和母亲便带着我和弟弟去稻田割稻子。我们家的水稻田在很远的山边，母亲会准备好午饭，我和弟弟负责装好水，父亲则准备好割稻子的镰刀，还有装稻谷的麻袋和绳子。

到了水稻田，烈日当空，阳光刺眼，我们戴好草帽卷起裤脚，母亲说："割稻有小窍门。为了减少稻谷在割的时候脱落，要用左手立着握住稻穗，让稻穗往前面倒，另一只手则握住镰刀往反方向割。"说完，只见母亲弯腰割稻，"唰唰唰"刀割声响过，稻子便一簇簇应声而倒，母亲把稻子叠放铺在地上。

我和弟弟也开始割稻，但手小握不住稻穗，母亲笑着让我们小心一点儿。在毒辣辣的太阳底下割稻真是一种磨炼。我们身上的汗水像雨滴一样不断地流淌下来，脚上、腿上也沾满了泥浆，一直弯着的腰和背也隐隐作痛，稻子里的杂草叶片像一条条锋利的刀片，在我手臂上留下划痕，在汗水的浸润下火辣辣地疼。还有更让我害怕的是蚂蟥叮咬，我总会吓得大哭，这时母亲总会过来帮我取下蚂蟥。看着腿上的伤口血流不止，我很想放弃，但看到父母亲和幼小的弟弟湿透的衣服和晒得通红的脸，我抹干眼泪继续割稻。

割稻也有快乐的时候，母亲提议让我和弟弟比赛，谁先割到尽头，回家奖励吃棒冰。我和弟弟马上有了干劲。立刻各自选好要割的水稻，母亲一声令下，我们便埋头割稻。弟弟比我小，母亲时常叫我让着弟弟。有时看弟弟跟我距离太远，我便会故意等等弟弟，我意识到，这些简单的快乐才是生活中最宝贵的财富。

到了吃饭的时间，毒辣的阳光烤得我们的衣服湿了又干，父亲找到一处阴凉之地，母亲招呼我们吃午饭，吃完后我们便在母亲带来的草席上打个盹。休息好了，我们又回到稻田，直至夕阳西下，一天的劳作才算结束。第二天就是打稻谷，父亲把脚踏式滚筒脱粒机摆在稻田里 ，只见父亲和母亲一边脚踩着机器，一边把稻谷放在滚筒上两面翻滚，只见一粒粒稻谷欢蹦乱跳着脱落到谷仓里。待谷仓里稻子过半，父亲用簸箕将稻子撮到麻袋里装满。看着一麻袋一麻袋的稻谷堆满田埂，我充满了自豪和喜悦。当太阳的余晖将天空染成橙色时，晚风和着稻谷的香味，父亲带着我们开心地哼唱着歌朝家走去，袋子里装的是沉甸甸的喜悦。那时的我们虽然辛苦，却更懂得珍惜每一粒来之不易的粮食，更能感受到那份由劳动换来的纯粹幸福。

现如今农村发展得越来越好，父亲跟我说家乡已用上了机器收稻谷，但我还会怀念儿时的割稻时光。怀念在烈日下的割稻比赛，怀念躺在稻草堆上看蓝天白云，怀念和弟弟一起做稻草人，更怀念母亲时常念叨的珍惜粮食。那一束束沉甸甸的金色稻穗，无论时光如何变迁，它们始终代表着家的温暖和丰收的喜悦。

和孩子春游去

春日的阳光，如丝如缕，洒在孩子们的笑脸上，也洒在我心间，带着一群纯真的孩子，我们踏上了春游的旅程。

排队上车的时候，孩子们拉着我的手，我对他笑，他开心地说："我们三个人一起走。"旁边的女孩一直盯着我，我说："宝贝，怎么了？"她说："张老师，你好美，你的头花也很美。"我开心地抱着她亲了亲。坐在车上后，我给孩子们都系好了安全带。前座的两个宝贝把手伸到后面，让我跟他们握手，我伸手握了握，他竟然把我的手放在鼻子上闻了闻，跟同座的男孩子说："张老师真的好香。"孩子们就是这么真诚，喜欢你，就是这样直接真诚地表达出来。

班里乐乐骨折在家养伤一个月了，我们都很想念他，于是我们相约在春游的地点见面。我们到了，乐乐妈妈和外婆推着坐在小车上的乐乐已在公园门口等着我们。孩子们看到他激动得一拥而上，把他围在中间不停地说："乐乐，我们想你，你好了吗？""我太想你了！"，游玩路上大家对他各种关心，有的孩子还去帮忙推小车，有的给他擦汗。玩累了，我们开始品尝美食，孩子们分享好吃的食物给他，看着他们吃着美食，乐乐妈妈开心地和我说："乐乐好久没这么开心了，小朋友们对他真好！”离别时，我抱着乐乐跟他说，班里孩子们想念他画的画，让他好好养伤快点回来上学。孩子们也依依不舍地跟乐乐说：“乐乐，快点回来跟我玩。”孩子们跟他一一拥抱，我带着孩子们上了车，孩子们隔着车窗玻璃跟乐乐挥手，有的大喊着：“乐乐，我会想你的！”那一瞬间我眼眶湿润，为这份纯真的情感而感动。

回到班里，因妈妈有事不能准时来接，四个孩子有点情绪低落，我打开钢琴琴盖，说：“宝贝们，你们想唱歌吗？”他们瞬间围过来，有的抱着我的腰，有的拉着我的裙摆，有的跟我坐在琴凳上头靠在我身上。我边弹边唱，和他们一起唱了一首《洋娃娃和小熊跳舞》，连不喜欢唱歌的伟伟也被琴声吸引过来，跟着一起唱。孩子们稚嫩的歌声在空中飘荡，唱完后，悦悦抱着我说：“张老师，你就是我妈妈，我好喜欢你。”我感动地伸手将他们拥入怀中。他们的信任和爱便是我做老师的幸福！

这次春游，不仅是一次简单的出行，更是一次心灵的洗礼。孩子们的天真无邪，让我重新审视自己，也让我更加珍惜这份与孩子们共度的时光。在未来的日子里，我会更加努力，为孩子们创造更多的美好记忆。

生活的剪辑师

在时间的长河中，我们每个人都是剪辑师，用镜头捕捉、用剪辑串联那些看似平凡却珍贵的日常。这些琐碎的片段，如同散落在生活画卷上的微光，闪烁着属于它们独特的光芒。我以编辑视频的方式，捕捉生活中的有趣瞬间，让时光凝结成一幅幅动人的画面。

清晨的第一缕阳光透过窗帘的缝隙，悄无声息地爬进了我的卧室。它像一位害羞的访客，轻轻地敲打着我的眼帘，催促我从梦中醒来。我伸手拿起床头的手机，手指轻触屏幕，开始了一天的第一次“拍摄”。镜头下，是那被阳光染金的棉被纹理，是那静谧的房间角落，还有那半开的窗户，透过它可以看到远处的天际线正逐渐变得明亮。

清晨醒来，我起床做早饭，首先要做汤料，取一个深碗，放入猪油，生抽，再加入盐和葱花。把猪骨汤烧开，淋入装调料的碗内，搅拌均匀，这样汤就调好了。家里如果没有猪骨汤，直接把清水烧开，浇入碗内也可以，用猪骨汤下面香醇浓郁。锅内加入水烧开，下入挂面，用筷子把面条拨散开，把面条煮至快熟时，下入小白菜。煮熟后一起捞出，放在盆内，淋入凉白开投凉，这样面条吃着清爽筋道，而且不粘连。把过凉后的面条用筷子挑出，放到调好的汤里，撒上些葱花，一碗汤清味鲜，清淡爽口的阳春面就做好了，每一口都是家的味道，简单却满足。

开车出门上班，街上的车辆川流不息。高架上的月季花，红的、黄的、粉的开得艳丽，装扮了高架，如同彩色的丝带装点着这座城市。它们在风中摇曳，仿佛在向过往的车辆和行人展示它们的美丽。这样的风景让开车的人心情无比愉悦，所有的烦恼此刻都被抛到了脑后。

午后与同事去散步，公园河边柳树翠绿，花儿艳丽，我们边走边欣赏春日的美景。河面上波光粼粼，映照着岸边的景色，置身在美丽的风景中，抛开工作生活中的烦心事，享受此时此刻的惬意。河边的长椅上，有几位老人正在悠闲地聊天，他们的脸上洋溢着幸福的笑容。

傍晚外出散步，夕阳下的城市在太阳余晖照耀下仿佛披上了金色的纱巾，耀眼夺目。路上的行人悠闲自在，散步、跳广场舞的人脸上洋溢着幸福的笑容。我停下脚步，拿出手机，按下快门，捕捉下这夕阳下的美好瞬间。

晚上到家，先生已经准备好晚餐，丰盛的菜肴，我们边吃饭边聊天。在这样的时光里，我们彼此分享着一天的所见所闻所感，仿佛整个世界都浓缩在了这小小的餐桌上。

生活中的每一帧都值得被记录，无论是喜悦还是忧愁，都是我们存在的证明。我用编辑视频的方式，将这些瞬间串联起来，形成了一部关于生命的影片。它不需要华丽的特效，也不需要煽情的音乐，因为生活本身就是最好的剧本。

在这些点滴中，我看到了时间的流逝，感受到了生活的温度。我希望当未来的某一天回望这些画面时，能够微笑着回忆起这些平凡中的不平凡，感受到那些在日常琐碎中闪烁的微光，给予我温暖和力量。这就是我的生活，这就是我的剪辑，这就是我的微光。

宠物情缘

我和女儿路过一家烤鸭店，不经意看到蹲在店旁淋得湿漉漉的小黄狗。看到我们后，它摇着尾巴，女儿和我动了恻隐之心，就把可怜的它带回了家。在烤鸭店旁收养了它，女儿说那就叫它“烤鸭”吧。一开始它还是蜷缩在墙角，但不一会儿，就摇着尾巴跟在女儿身后。自从我们有了小狗“烤鸭”后，生活也发生了翻天覆地的变化。我把阳光普照的绘画区腾出打造它的家，给它洗澡、做餐食、买小床、磨牙棒、衣服、玩具，带它去做检查。我和青春期的女儿话不多 ，但因它的到来，每天跟女儿遛狗，我们母女的话题渐渐多了，我的日子也变得更加充实，我们家有了更多的欢声笑语。

同样爱狗之人，我想到了苏东坡。东坡与狗缘分不浅，他在杭州通判上任时收养了一只狗，取名“乌嘴”。它成为他家一员，陪着他泛游西湖，形影不离。东坡调任徐州时，太守为他接风洗尘，菜品里有狗肉，让他生气不已，停箸罢宴而去。从这里可以看出东坡对“乌嘴”的喜爱。

“乌嘴”也是东坡晚年的精神支撑之一。有一次东坡乘着酒兴去访友，结果在林里间迷路，多亏“乌嘴”带他找回来时的路。当东坡的三位妻子相继去世，自己又不断地被贬，一路风雨飘摇，“乌嘴”却与他始终相伴左右。他把写好的诗念给它听，它会高兴地摇尾巴，让东坡开心不已。他开荒耕地时，它会在旁陪伴他。当东坡累了，它会叼着水壶提醒他喝水。元宵佳节，明月高悬，烟花绽放之时，孤独的东坡受邀与朋友一起逛街，“乌嘴”一直默默地陪伴左右。街头卖肉沽酒的店家热情招呼东坡和朋友们，顺手扔一块骨头给他的“乌嘴”。“乌嘴”在黎族人的歌舞队中跟随音乐扭动身体，惹得东坡他们开心大笑。他的“乌嘴”俨然已是一位可靠的朋友。

电影《忠犬八公的故事》曾让无数人流下感动的眼泪。一位大学老师在某天下课途中，遇到了一只不请自来的秋田犬幼崽。老师将这只小狗带回家中，为它取名“阿八”。从此，阿八就成了老师家中形影不离的一员。平时老师上课，“阿八”都会从家门至校园一路护送。到了放学时间，甚至老师还没踏出校园，“阿八”就已经在校门口等候一起回家。

在没有认识老师之前，“阿八”并不受人们喜欢。它让火车站附近的人们心生反感，人们下意识以为这是一条来路不明的野狗，顽皮的小朋友会朝它扔石头，车站附近的商店店员嫌它脏兮兮的，怕它讨食，也经常赶它走。后来，“阿八”等来了老师，他们在彼此生命中相遇。当老师离世后，“阿八”在之后的 8 年时间里依然每天按时在车站等待，直到死亡。若死亡只是睡眠，那他们将在梦中再续前缘。

曾看到一段话：“海洋，有鱼儿陪伴；大地，有花草陪伴；天空，有星星陪伴；好希望你也能陪伴我。”在生活中，有了陪伴，才能抵挡一切的孤单，你的陪伴使我有勇气面对困难。有你的陪伴，人间值得。

十八般手艺的修鞋匠

在熙熙攘攘的街头，我匆匆地走着，突然感觉脚下一阵异样。低头一看，原来是鞋子破了，鞋底似乎随时都要脱落。我的心一下子揪了起来，脑海中瞬间浮现出街角那家补鞋的小店，还有那位熟悉的大爷。

我竭力保持着平衡，心急如焚地朝着街角赶去。终于，那家小小的修鞋店出现在了眼前。店铺不大，却收拾得井井有条，各类工具摆放整齐，服务项目一应俱全。

大爷让我换上拖鞋，坐在修鞋机旁，大爷说："最近下雨很多人的鞋子都泡脱胶了。"原来如此。大爷把我的鞋子擦干净，在腿上铺上了一块布，把鞋子放在腿上，掰开鞋子的开口处，涂上胶水，然后用手紧紧地压住鞋子。他用力地捏着，然后问我："要不要再用线缝一圈，要不然后面还要开胶的。"我点点头，然后安静地坐在一旁看着他补鞋。我问大爷："您修鞋多少年了？"他说："已经 30 年了。"他开始和我说起这 30 年的故事。

原来大爷年轻的时候什么都修，修锅、换锅底、修水壶、修鞋，那时他挨家挨户地跑，生意很不错，每家每户都有锅底换，有鞋修。后来，大家生活水平提高了，他看到换锅底的手艺已经不能赚钱。于是，他又去学了配钥匙、开锁，这样他的生意又多了。

现在修鞋对手艺人要求很高。他说以前就是鞋子脱胶，直接上胶用力捏好就好，或者鞋子的鞋跟歪了，钉个钉子换个鞋跟。但现在的修鞋可复杂了，鞋跟就有木头的、水晶的、塑料的、牛皮的，鞋面也五花八门，有针织的、塑料的、丝绒的、牛仔布的、粗花呢的，每一种鞋的修法都不一样。他有空就会琢磨怎么修比较好，正是他认真肯钻研的劲，修鞋生意一直不错。

他说配钥匙和开锁这个生意现在也没以前好了，现在大家都喜欢用指纹锁和密码锁，配钥匙的少了，开锁的生意也日渐清冷。他现在在学修车，这样他会一直有钱赚。

我说："大爷，您这是与时俱进啊，让人佩服！"大爷被我夸得不好意思，他说："这是生活啊，不要对生活低下头。"大爷说完，我瞅见了他修鞋箱上的一本余华的小说，我说："大爷，您还喜欢看书呢？"他说："对啊，我年轻的时候还会写诗呢！那时忙完，我就写诗，听歌，人生无限美好！"瞬间，我对大爷刮目相看，他就是平凡生活中的英雄，无论世界怎么改变，他始终会不断迎接挑战，十八般武艺傍身。

每当我工作上、生活上遇到困难，每当我想放弃之时，大爷的身影就会浮现在我的眼前。他那专注的神情，那对生活不屈的态度，给了我无尽的力量，让我有勇气继续前行，去战胜一个又一个的困难，迎接属于自己的美好未来。

按下生活的暂停键

在这个速度和效率至上的时代，我们每个人都像是赛道上的赛车手，踩着油门奋力向前。日复一日，我们追逐着目标，却很少有机会停下来审视沿途的风景。直到有一天，我按下了生活的暂停键，那一刻，时间仿佛凝固，心灵得到了前所未有的宁静。

那是一个普通的午后，阳光透过树叶的缝隙洒落在斑驳的小径上。我独自漫步于这座城市的边缘，一条不知名的街道，两旁是老旧的店铺和稀疏的行人。耳边传来的是风吹拂树叶的沙沙声，还有远处孩童的欢笑声，它们交织成一幅平凡而又温馨的画面。

我走进了一家看起来有些年头的咖啡馆，店里的人们有的在电脑上敲打键盘；有的手捧一本书沉浸其中；有的和朋友边聊边自拍，分享美食发朋友圈；有的喜欢咖啡店里的老物件和它们拍照，留下生活的影像；有的边喝咖啡边沉思，突然“扑哧”一笑，不知想到了什么趣事。

窗外老街的街边桃红柳绿，路上的行人也被春色吸引，慢下脚步，走走拍拍。这时，来了一群头发花白的阿姨，她们摆出各种造型，手里挥舞着丝巾，那五颜六色的丝巾在风里像一幅幅油画和老街融为一体，阿姨们幸福的表情和快乐的笑声也感染着行人，她们成为街上一道亮丽的风景线。

平时工作忙碌，这时在咖啡馆却让我感受到生活的美好舒适，停下平日里的匆匆脚步，享受一杯咖啡，和朋友小聚的慢生活，让我如沐春风，惬意无比。

曾听到一句话:“给我按一个暂停键吧，我真的很累了。”想起一位女漫画师，她一直画不停，终于在电脑前没有再醒来。人生的道路上，我们总不断在追求步履不停。当你走得太久，终究会趴下。向前奔跑的人生，要偶尔给自己按下暂停键，是人生最好的活法。我想只有给自己按下暂停键，休息片刻，做一些有意义的事情，生活也不会只有辛苦，也不会满眼都是苦涩。

我知道，无论未来的日子多么忙碌，我都会记得偶尔停下脚步，按下生活的暂停键，让日子变得更轻松，对自己说一声：“慢慢来，一切都还来得及。”

因为，只有这样，我们才能真正地活出生命的精彩，不负这一路走来的风景。我们不应该只是盲目地追求目标，而是要学会在追求中找到生活的平衡，让心灵得到真正的释放。

生活就像一首优美的交响曲，有高潮也有低谷，有快板也有慢板。我们不应该只是盲目地追求快板的高潮，而是要学会在慢板中品味生活的韵味。只有这样，我们才能真正地感受到生活的美好，才能真正地活出生命的精彩。

水花中的梦想之光

在电视机前看到全红婵在决赛每一跳都像自由的小鸟落入水中，水花消失近乎完美，高分夺冠的那一刻，我的心也跟着沸腾起来。

看到五星红旗冉冉升起，我又激动又自豪。全红婵，一个农村女孩成了世界跳水舞台上的明星。她的人生，她的经历，是一个为了梦想拼搏的传奇。

懂事的孩子早当家。她出生于广东湛江的乡村。她家是低保户，父亲有几亩果园，母亲患病，兄妹 5 人，父亲艰难地养活一大家人。她在 7 岁时在学校玩跳格子游戏时被跳水教练陈华明挖掘，开始接受跳水训练。全红婵的家庭并不富裕，母亲的健康问题让家庭更加困难。懂事的全红婵想靠自己挣钱给妈妈治病。当然她的家人也给予她无限的爱。对她跳水的支持不仅体现在倾尽所有支持训练，而且尽量不去打搅她，让她专注比赛。

俗话说："台上一分钟，台下十年功。"全红婵的成功，离不开她一丝不苟的刻苦训练。全红婵说，如果一天不上跳台，第二天再站到 10 米跳台上，就会害怕，感觉要摔下去，所以每天都需要去练习跳。

为了备战巴黎奥运会，她更是展现了惊人的毅力和决心。她最大的阻力便是身体的发育，她的教练曾说她长一斤就需要大量地去训练。她每天仅睡 4 个小时，其余的时间，全都投入紧张的训练当中。不仅如此，就算在经历长达 12 小时的飞行后，她也仅仅休息 4 个小时。这种对跳水事业的热爱和执着，真是让人肃然起敬。功夫不负有心人，她最终再次拿下了金牌，再次为国争光。

“业精于勤荒于嬉，行成于思毁于随。”天才就是无止境的刻苦勤奋的努力。一块金牌是运动员能得到的最伟大的成就和荣耀。这不仅是一次体育比赛，更是一次心灵的洗礼。看到全红婵无论面对多大的困难，都坚韧不拔努力拼搏，我相信只要拥有梦想，胜者不骄傲，败者不气馁，就一定能成功。

全红婵的故事，如同一首激昂的奋斗之歌，激励着我们为了心中的梦想去拼搏、去努力。在这纷繁的世界里，让我们怀揣着梦想的种子，像全红婵一样，用汗水去浇灌，用努力去呵护，等待着它绽放出最绚烂的花朵。

忆儿时春游

阳春三月，暖风中带着淡淡的花香和湿润的土地气息，又是一年春光美。

儿时春游，最喜欢去河边野炊，做野火饭。同学们分工明确，谁带锅，谁带食材。大家步行前，往书包里装着食材，手里拎着锅铲像解放军一样雄赳赳地去河滩春游。走累了，直接在小路边的石礅上休息。老师总会说：“我们再走一会儿就到了”，于是队伍又浩浩荡荡地出发了。到了河边，我们用河滩上拾来的石头搭建简易的灶台，同学把铁锅架在灶台上。男孩子负责烧火，随意拾几根河边的干树枝，擦着一根火柴就能将铁锅烧热。而我们女孩子则在河边洗食材。有的带了年糕、青菜，有的带了自家种的糯米、蚕豆，再切几块腌制的咸肉，配上河边现挖的野葱蒸糯米饭。

我所在的那组灶火点不着火，这可难不倒我们，带了纸直接从同学的火堆里借火。我们不时从河岸边再捡些干柴添进去，不一会儿，一阵焦香便会飘散开来，一锅野火饭也就煮好了。

河滩上炊烟四起，我们扎堆窝在各自的铁锅边，蹲着，站着，就着春意吃上热乎的野火饭，心里别提多开心了。突然一扭脸看到有个同学的脸被熏成了大花猫，我们笑得前仰后合，春游就在一片欢声笑语中结束了。

有一年，我们学校在后操场搞了一块种植地，于是春游便成了植树活动。老师跟家长买了很多橘树苗，我认养了一株，然后跟着老师，带上小锄头，大家就去种橘树，挖坑、种树、填土，浇水。每天，我们都会去关心自己种的橘树，等到结果，我们便自己采摘。我记得那天我拎了一大袋橘子回家，橘子太重，拎着它走走停停，到家时我全身都是汗。当把橘子分给家人，看着大家品尝我的劳动果实，我别提有多开心了。

还有次春游去景区游玩，老师让我们带垃圾袋和捡垃圾的工具，徒步出发。我们唱着歌，欣赏春天的红花绿树也不觉得路程远。欣赏完景区的美景后，老师说："景区免费给我们玩，我们要保护环境，开始捡垃圾比赛，看谁捡得多，可以免做作业一次。"老师话刚说完，我们马上去找垃圾。有同学钻进天然的石缝里找垃圾；有同学直接让游客把垃圾扔进他的袋子里；有同学开始用铁夹夹垃圾，老被同学抢先，于是直接用手捡垃圾。最后，老师表扬了捡垃圾大王，奖励一次作业免做，获奖的同学得意的表情我现在还记得。

儿时的春游已经过去 20 多年了，那时的春游没有旅游车出行，没有琳琅满目的零食，更没有高大上的旅游项目，然而那份纯真的快乐却历久弥新，友情和师生情深深烙印在心间，让人难以忘怀。岁月流转，无论春游的形式如何变迁，那份对春天的向往和对童年的怀念永远不会改变。

夏日楼顶趣事

在城市的喧嚣中生活久了，内心深处总是会涌起对故乡的深深眷恋。于是，在一个阳光明媚的日子，我带着孩子们回到了老家。

我带着孩子们爬上阁楼。女儿站在 4 楼的楼顶眺望远处，看到了一片金色的稻田、不远处公路上的汽车以及远处的一座座大山，她开心地对我说："妈妈，晚上我们就到楼顶乘凉看星星吧？" 我欣然应允。

小时候，家家户户的房子都是平房，平房的楼顶肯定会有一个大平台。这个平台用处很多，到了稻谷丰收的季节会晒稻谷，芝麻成熟时晒芝麻。母亲还会晒各种干货，有竹笋干、豇豆干、南瓜干等，每一种都饱含着阳光与家的味道。

而对于我们这些孩子来说，楼顶是充满趣味的乐园。捉迷藏时，胆大的我会直接爬到楼顶躲着，年幼的弟弟总是找不到我，我在楼顶看着他急得团团转，快急哭了的时候，我便从楼顶上偷偷地溜下来，给他一个大大的惊喜。看着他破涕为笑，我的心里也满是欢喜。

夏日夜晚，我们一家人有时会爬上楼顶乘凉。那时没有空调、电风扇，只有母亲的蒲扇和夜晚的微风。在太阳西下时，父亲就给平台浇水降温，平台干了，母亲便拿上席子，而我和弟弟则带着零食上了楼顶。

当一家人并排仰卧在席子上，看着满天的星星，那星河闪烁，星星眨着眼睛……当我们觉得热时，母亲便会摇着蒲扇，轻声给我们唱着歌谣，我们总是很快能进入梦乡。

有时隔壁邻居也上了他家的楼顶，那夜晚就变得非常热闹。你说一句，我答一句，声音要说得响，大人们这样也聊得开心。有时我们也会唱歌，我们邻居家大伯最喜欢刘德华的歌曲，于是楼顶时不时飘荡着他的歌声，当大伯一曲唱罢我们会拍手叫好。大伯在黑夜中唱得开心，我们也听得高兴。

如今，故乡的老屋已拆了重建成四层楼小别墅，我们也离开家乡到大城市工作生活，那老屋的屋顶取而代之的是阁楼，但记忆深处的童年记忆从未褪去。每当想起那段美好的时光，心中依然满是温暖与感动。我知道，无论走多远，故乡永远是我心灵的归宿，那些在楼顶上度过的日子，将永远在我的记忆中熠熠生辉，照亮我前行的道路。

暮色下的心灵之旅

饭后我外出散步，告别白天忙碌的工作，那夜晚的散步便是放松之旅，让疲惫不堪的身心舒展开来。那橙色、红色相间的天空，云霞绮丽，引得人们停下脚步，抬头看那大自然赐予的美景。晚风徐徐，看着天高地阔，我心里安静明朗。

河岸两旁五彩霓虹灯亮了，与波光粼粼的河水相呼应。一阵微风吹过，水波形成了一个个小圆圈，然后慢慢地化开水中的倒影。

瞧，迎面跑来一个身着运动装扎着马尾的女孩，她青春朝气的模样吸引着我。她突然停下脚步，从口袋里掏出镜子，看看头发是否乱了。她满意地对着镜子笑笑，将它放回口袋，接着又跑起来。这时，不远处跑来一位年轻帅气的男孩，女孩马上上前打了招呼，男孩女孩边说边笑着从我身边跑过，我闻到了爱情甜蜜的香气，此刻的空气也变得甜甜的。

我沿着小径走着，抬眸一看，蓦然间发现一处清新宁静的景致映入眼帘，那白墙黑瓦的仿古建筑前，种了一排竹子，形成天然的围栏，别有一番情趣。院子里种着几棵芭蕉树，那大大翠绿的芭蕉叶，枝叶繁茂，让院子有了一丝诗意和灵动，让我想到了诗句："窗前谁种芭蕉树，阴满中庭。阴满中庭。叶叶心心，舒卷有余情。"屋前的水系蜿蜒曲折，与拱形的小桥相呼应，潺潺水声回荡在院中，这一幕像一首清丽脱俗的宋词，更像画家吴冠中笔下的江南水乡，使人不由得沉醉其中。

我漫无目的地行走，穿过了公园，听到了欢快的音乐声，阿姨们充满活力的舞姿，让人感叹时光并不能带走岁月。可爱的孩子们玩着滑板车，大家相聚在公园里有说有笑。

我们需要带着欣赏的眼光去发现生活中的美，去感受生活的温度。生活中的每一个细节，看似微不足道，其实都带着光亮，因为它们都是构成我们生活的重要部分。

这样的黄昏是平凡的，但让人在平凡中看到幸福。生活并不总是波澜壮阔，有时候，平淡也是一种美。

第五辑

四方食事

伏天来碗苦瓜粥

苦瓜，这其貌不扬的蔬果，却有着不平凡的身世。苦瓜属葫芦科，原产印度，广泛栽培于热带和温热带地区。它又名锦荔子、癞葡萄、癞瓜。苦瓜性味甘寒，有清热解毒、养颜嫩肤、降血糖、养血滋肝、消炎退热、调节胰岛素、提高免疫力的作用。不仅苦瓜本身能食用，它的根藤及叶子能入药。苦瓜还可以制作苦瓜奶、蜜饯、保健饮料等。

俗语说："夏天吃苦瓜，药物不用抓。""天热吃苦，胜似进补。"我记得小时候母亲一到夏天就特别爱吃苦瓜，清炒苦瓜、凉拌苦瓜、苦瓜炒肉等轮番上阵。我最喜欢母亲做的苦瓜粥。把地里刚摘来的苦瓜用刀切开去瓤，洗净切丝，入沸水中过水便捞出备用。接着把大米淘净，加清水煮粥，待熟时放入苦瓜、食盐等调味品。等到厨房里飘散出阵阵苦瓜的清香味时，那苦瓜粥便做好了。炎炎夏日，吃上一碗苦瓜粥，让人身心清凉。

母亲第一次给我做苦瓜汤，我说那这碗汤肯定很苦。母亲告诉我，苦瓜和别的菜一起煮，不会让别的菜变苦，它只苦自己。有人也把苦瓜称为"有君子之德，有君子之功"，赞誉苦瓜为"君子菜"，不苦别人，只苦自己。那一瞬间明白了我的母亲为何喜欢吃苦瓜，人生何尝不是有苦有甜，真正的君子真的是只苦自己。从那以后，我更喜欢苦瓜。

如今，母亲不在了，我也来到大城市生活，炎炎夏日再也没有母亲亲手为我做上一道道清凉的苦瓜菜，但我也学着母亲从菜场买它回来，让它成为家里的日常菜肴，也把关于苦瓜的故事讲给女儿听。我坚信，终有一天，她也会如我一般，从不喜欢到喜欢这道蕴含着人生百味的“君子菜”。

苦瓜，它不仅是一种食物，更承载着母亲的爱与岁月的记忆。

一餐一食总关情

女儿上高中后，仿佛进入了一场与时间赛跑的马拉松。夜深人静时，在那盏孤独的台灯下，她依旧笔耕不辍；而黎明的第一缕阳光，又会在她早起背单词的身影中轻轻洒下。

看着她每天如此忙碌，与我的交流也开始变少。我想只有利用吃晚饭的时候与女儿多交流，多沟通。

当一桌子的饭菜摆上桌，一脸疲惫的女儿闻着饭香从房间下楼来吃饭。“妈妈，我不想当班长了。”女儿用试探的口气问我。我说：“可以的，初中三年当班长，你也辛苦，高中就顾好学习吧。”女儿说：“妈妈，你不反对吗？”

我说：“不会呢，高中太忙，你选择专心学习也是可以的。”女儿听我这么说瞬间开心了，她说：“那就好，给其他人锻炼的机会，我只想当个英语课代表。”我说：“好的，你需要我找班主任沟通一下吗？还是你自己跟他说？”“我自己跟他说吧！”女儿开心地回答道。第二天班主任打电话说起女儿不想当班长的事情，我说孩子大了，一切由女儿做主就好。

晚餐时，女儿跟我们聊得最多的是学校里的趣事，比如体育课谁跑得最快；羽毛球课她打球好，哪些同学跟她组队；摄影作业这周拍什么；她在班里有了哪几个好朋友。当然她也有自己成长的烦恼，从世界大事到同学相处，有说不完的话也有吐不完的槽。比如：同学打小报告，同学早恋，我都会认真地给予回应，在边吃边聊天中，帮她树立正确的三观。

女儿单纯，她的开心快乐时常表现在脸上，我总是察言观色，帮助她调整心情。女儿吃饭的时候如果不怎么说话，头也耷拉着，肯定是遇到不开心的事情了，于是我就会说说我们学校学生的趣事或者小时候她的趣事逗她开心。女儿被我说的趣事逗笑，心情瞬间好了。有时候，女儿考得不好，我就会把我从差生变成优生的故事讲给女儿听，多说鼓励的话，给她加油打气。当她心情好时，她就会叽叽喳喳说个不停，我就会专注地听她说话，分享喜悦。女儿总说，妈妈是最了解我的人。我想孩子就像花朵，你花多少时间和精力在她身上，她绽放的花朵就会有多艳丽。

今天，我们一家人坐在桌前吃着晚饭，话题是毛主席的兴趣爱好、他爱阅读的趣事和他的藏书。最后女儿起头，我们三人一起背了那首我最喜欢的词《沁园春·雪》。背完后，女儿问你们知道梁启超吗？于是话题从《梁启超的家书》聊到他儿子梁思成和儿媳林徽因，他们夫妻共同为建筑做出的伟大贡献。当然还有不得不提的徐志摩，最后我们又沉浸在林徽因的诗里：“你是爱，是暖，是希望，你是人间的四月天！”

我过生日那天，女儿走了一个多小时去花店给我买花，当我接过那束鲜花时，心中涌起了一股难以言表的感动。那不仅是因为花的美丽，更是因为女儿的那份心意和付出。

陪伴是最长情的告白。在女儿的成长路上，我愿意用我所有的时间和精力，去陪伴她、支持她、鼓励她。因为我相信，只要我们用心付出，总有一天，她会像花朵一样绽放出属于自己的光彩。

一杯春茶里的爱

谷雨茶，又称雨前茶，以它的翠绿之色和柔软的叶片而闻名。品尝一小口，那醇厚的香气和绵和的滋味在口腔中回荡，仿佛带着茶园的新鲜气息，令人心旷神怡。

“谷雨茶”是品茶人的珍爱。明代许次纾在《茶疏》中写采茶时节：“清明太早，立夏太迟，谷雨前后，其时适中。”唐代陆希声在《阳羡杂咏十九首·茗坡》中说：“二月山家谷雨天，半坡芳茗露华鲜。春醒酒病兼消渴，惜取新芽旋摘煎。”谷雨前后是采茶制作的最佳时间，这时茶叶香气特别浓郁，是茶中的上品。

“谷雨深春近，茶烟永日香。”母亲是做谷雨茶的高手，她说春天要多喝谷雨茶，它能清火排毒也可明目。清晨，母亲叫我起床，我们戴上斗笠，背起竹篓，走向那绿意盎然的茶园。春风中，茶梢芽叶肥硕，茶叶鲜嫩，香气怡人。只见母亲摘茶叶犹如一位舞者，轻盈而优雅，举手投足间都透露着对这片土地深沉的爱。母亲边摘茶叶边告诉我：“谷雨茶有一芽一嫩叶或一芽两嫩叶。一芽一嫩叶的茶叶泡在水里像展开旌旗的古代的枪，被称为旗枪；一芽两嫩叶的茶是三春茶，像一个雀类的舌头，被称为雀舌，是一年之中的佳品。”

这些在春雨滋养下的茶叶，母亲会仔细地摊放在席子上自然失水，满屋子里都是茶叶散发出的淡淡的清香，让人心旷神怡。过了几天到了重要的时刻，那就是炒茶。母亲将茶叶放入铁锅中，用她那双饱经岁月的手，不断地翻动。

厨房中热气腾腾，母亲的额头渗出汗珠，我不时帮母亲擦汗。母亲说："炒茶叶要用心，炒出来的茶叶会更香更好喝。"母亲将炒好的茶叶均匀地铺在席子上，放在温暖而不烈的阳光下慢慢晒干。这个过程需要耐心，不时翻转茶叶，也需要对天气的把握，随时观察天气的变化。遇到雨天母亲会用炭火烘干。

母亲将制好的茶小心翼翼地装入瓷罐中，封存起来。等到家中有客人来访或者在悠闲的午后，她会泡上一壶茶，茶在水中舒身展体，鲜活得如枝头再生，染得春光盈眼，茶香浓郁浑厚，久泡仍余味悠长。啜一口，顿觉缕缕清香溢出，似能将这一年的阳光、温度、雨水、风一饮而下。不仅有着沁人心脾的香气，更有着母亲对这个家的全部情感。

每逢"谷雨将应候，行春犹未迟"的佳季，我便忆起与母亲同在茶园的那些清晨。她制作的谷雨茶不仅承载着自然的恩泽，也蕴含着母爱的深沉。

每年谷雨时节，我都会回到故乡，与母亲并肩采茶，协助炒制、烘干。这不仅是生活的仪式，更是对母亲深深的尊敬与爱。那杯谷雨茶，如同母亲的性情，朴实无华却让人备感温馨。

时光深处小龙虾飘香

炎炎夏日路过美食一条街，我闻到了香味扑鼻的小龙虾，那红艳艳的小龙虾让我想起母亲做的那碗鲜美的小龙虾，它是家常佐餐下酒的上佳之选，它鲜美的味道不仅能勾起我对母亲的回忆，而且承载着我对家乡的思念与童年的回忆。

小时候，我喜欢跟母亲去菜场买小龙虾，只见一个个小龙虾在大大的红色盆子里，不停地爬行。老板把塑料袋套在一个小桶里给母亲，母亲取一个夹子夹起一个个龙虾放进桶里，母亲说："买小龙虾有窍门，新鲜的小龙虾活力旺盛，爬动灵活，要选个头大的，这样的肉质更饱满。龙虾颜色鲜艳为佳。"

买回家后，母亲会将小龙虾放入清水中浸泡，每两三小时就会更换一次清水，帮助小龙虾吐沙，清除小龙虾体内的泥沙和杂质。当水变清澈后，母亲用刷子将小龙虾表面刷洗干净，特别是腹部和虾足的缝隙，这些地方容易积累泥沙和污垢。最后，母亲用剪刀斜着剪下小龙虾的头部，确保头部内部的脏物全部清理干净。接着，从小龙虾的尾部用剪刀沿背部剪开，一直剪到上面，将虾线去除干净。这样很耗时，但母亲却乐在其中，她说："真正的美食多付出心力才好吃呢！"

母亲开始烧龙虾，母亲最拿手的就是香辣小龙虾。将葱姜蒜切成末，辣椒切成段，花椒、八角等香料备用。热锅凉油，待油温升高后，放入葱姜蒜末和辣椒段，爆炒出香味。接着，将处理好的小龙虾放入锅中，大火快速翻炒，使其均匀受热。炒至小龙虾变色后，加入适量的盐、生抽、料酒等调味料，继续翻炒均匀。此时，母亲倒入啤酒，盖上锅盖，转中小火慢炖。慢炖约十分钟后，打开锅盖，大火收汁。此时的小龙虾已经充分吸收了调料的味道，变得香辣可口。最后，撒上一些葱花和香菜作为点缀，一道美味的香辣小龙虾就完成了。夜晚，一家人坐在桌前吃小龙虾，父亲会跟我们说起他小时候去河里摸龙虾的趣事。

如今，时光已逝，母亲已不在，但她炒小龙虾的身影和那份对美食的热爱始终在我记忆之中。每当夏天，我总会想起那碗鲜美的小龙虾和母亲那慈祥的笑容。

厨房里的幸福时光

童年家中的厨房是一台土灶，母亲是厨师，厨房里经常飘出各种香味，让人垂涎欲滴。厨房里食物的香味与家人的欢笑声，充满着平凡日子里沉静从容的光辉。

成年后拥有了自己的家庭，我先生喜欢炒菜，大火烹饪；我喜欢做面食，各种蒸炖；女儿喜欢做西式甜点，烤箱之类全部齐全。一到周末，我们全家便开始在厨房忙碌，我先生做一盘红烧肉，我炖一锅羊肉，女儿做西式双层小蛋糕，配上一杯红酒，再放一首久石让的《天空之城》，一天就这样安逸地流淌过去。

厨房充满爱的温情，让我想起爱心厨房的故事。李朋的孩子得了白血病。为给孩子治病，他们离家来到省立医院。医生说孩子的饮食要特别注意，外面的不健康。于是不会做饭的李朋在出租屋学着做饭，土豆丝因淀粉没洗干净，很快糊了，豆角因油太热炒老了。他一直担心孩子吃不下他做的饭菜，孩子却吃得津津有味，还跟小伙伴炫耀："我爸爸做得特别好吃。"

他每天给孩子做饭，厨艺也越来越好。这让人羡慕不已，对于来自五湖四海的病人和家属来说，他们多想也吃上干净卫生的家常菜。李朋说："大家不嫌弃的话，可以来我家做饭。"

于是每天都会有病友去他家做饭。当李朋的孩子一个疗程结束，出院回到出租屋，病友们怕影响孩子休息，就不再来了。他和妻子商量在医院对面租了一间 40 平方米的房子，命名为“爱心厨房”，病友们可以随时来，完全免费。“爱心厨房”创办以来，已为近 4000 个患者家庭提供免费厨房，平均每年提供免费午餐约 8000 份。一年大年三十的晚上，几位父亲给住院的病友准备了 300 份餐，大家坐在一起，桌上摆满了红烧肉、土豆炖鸡，白菜炖排骨，当他们倒上酒共唱《朋友》，当唱到“朋友不曾孤单过，一声朋友你会懂”时，大家的眼泪肆意流淌。他们的厨房是他们的小家，他们俨然已是亲人！

厨房一直是母亲们的主场地，她们总是在厨房默默地付出。在电影《克莱默夫妇》中，克莱默是电影演员，他从没有想过做早餐是多么的不容易。在妻子离开之后，他不得不肩负起做早餐的“重任”。他穿上围裙，像个法国大厨的样子，信心满满地开始了。结果他手忙脚乱，把厨房弄得乱七八糟，还烫了自己的手，儿子也跟着哭闹起来。他只好带着流泪的儿子去饭馆解决早餐。通过做早饭，他终于明白了妻子的辛苦。电影里的厨房让我看到了厨房存在的意义，我们要爱那些在厨房里默默付出的无名英雄，她们用一餐一食来温暖家人，默默地付出。

我喜欢厨房里端出来的一碗碗热气腾腾的饭菜，喜欢在厨房里温暖的灯光下做饭的人，喜欢那时不时从厨房飘出的肉香，喜欢这个拥有油烟味和调料味的厨房。

厨房不仅是烹饪的空间，还是人们对家的情感与记忆。那一间间厨房里的人间烟火气，洋溢着平凡日子里的幸福美满。

舌尖上的春天

“吃春”，是民间迎春的风俗，又被称为“嚼春”。春天是令人欢愉的季节，不仅是视觉盛宴，更是味觉盛宴。

“吃了荠菜，百蔬不鲜。”当春暖花开之时，小小的荠菜是春天的馈赠，它星星点点地散落在田间地头，随处可见散发着诱人的芬芳。我拿着小竹篮，带着铲子，到田间地头俯下身挖荠菜。挖回的荠菜，母亲择去黄叶，清水洗净，再入锅焯，滤水，剁碎，调入盐、味精、葱花、姜末，最后切碎的小蒜，盘好馅儿，便和面擀皮包饺子。饺子煮好了，咬一口，满口荠菜的新鲜清香。细细品味，荠菜饺子里是亲情和春意，别有一番滋味在心头。

荠菜的味道，连范仲淹都念念不忘。范仲淹少时家贫，荠菜充饥，认为它是无上美味。长大后忆起荠菜，他写《荠赋》里充满感激：“陶家瓮内，腌成碧绿青黄；措入口中，嚼生宫商角徵。”苏轼也深爱荠菜，称它为“天然之珍，虽小甘于五味，而有味外之美”。在贬官外放时，旱情严重，种菜不生，苏轼去麦田边挖荠菜，他用荠菜、黄豆和粳米一起煮粥，称为东坡羹，夸它“不用鱼肉五味，有自然之甘”。

“笋菜沿江二月新，家家厨房剥春筠。”当鲜嫩的竹笋破土而出，剥去黄色的外衣，把笋肉切片焯水，或凉拌，或煎炒，或炖汤，味道鲜美，入口爽脆。春笋鲜脆细嫩，入菜荤素百搭，怎么烹饪都好吃。在嘉兴，春笋与土步鱼、咸肉“混搭”，烹饪出鲜上加鲜的“江南一绝”蒸三宝；在衢州，春笋切片与腊肉、辣椒一起下锅，爆炒出春笋腊肉，堪称一绝；在绍兴，春笋与鳜鱼、虾滑等多种食材，烹饪出“春季头牌”绍八珍，让人回味无穷。古人食笋佳话流传，清初美食家李渔，他夸赞春笋“此蔬食中第一品也，肥羊嫩豕，何足比肩”。笋之美味，清、洁、香馥、松脆，倘若与肉同煮，人们定会先吃笋，而忘了吃肉呢！南宋林洪的《山家清供》给笋取名叫“傍林鲜”，竹笋盛时，扫叶子在林边煨熟，以刀剖食，笋至鲜至醇的滋味，无比美妙！

“二月韭芽芽，羡煞佛爷爷”。一场春雨过后，在春风细雨滋润下的韭菜绿油油一片，母亲便会割韭菜炒鸡蛋。虽是普通的家常菜，却入口清香，爽嫩可口。历代的文人墨客素爱它鲜嫩，纷纷赋诗赞美。杜甫的《赠卫八处士》中有：“夜雨剪春韭，新炊间黄粱”。他到友人家做客，那顿饭被杜甫写成了千古美食：韭菜清甜，黄米香糯的黄米饭，屋内香气扑鼻，屋外春雨氤氲。人情的美好、生活的美好交织在春日的美食中。还有《南齐书》中写周颙隐居深山，文惠太子问他：“菜食何味最胜？”周颙回答：“春初早韭，秋末晚菘。”

“莫愁客到无供给，家酝香浓野菜香。”春天生长的野菜们，散发着阵阵清香，“吃春”不仅是一种迎春仪式，更是一种生活情趣。春天的野菜餐食如春天的景色一样，有着独特的诗意浪漫。

手擀面里的母爱

在我心中，没有什么比母亲的手擀面更美味、更暖心。每当寒冷的冬天来临，我总是期待着能吃上一碗母亲做的手擀面。那种热气腾腾的面条，带着母亲的爱，如同阳光般温暖，驱散了我心中的冷意。

记得小时候，我生病时总喜欢缠着母亲给我做一碗手擀面。母亲总是疼爱地答应我，让我吃药后躺着休息，她便去厨房忙碌。

冬日的阳光透过窗户洒在母亲的身上，母亲在阳光里美极了。只见母亲洗净双手，将面粉、鸡蛋和水搅拌一起和面。母亲边揉边跟我说，和面的秘诀是提前将水和鸡蛋融合在一起，然后拿双筷子，一边搅拌面粉，一边少量多次兑水和鸡蛋混合液，这样做出的面最好吃。

母亲在面粉中加盐，将面团搓成长条反复左右对折，在案板上用手往前揉搓，最后用擀面杖将面团两面都均匀压扁，形成薄面皮。接着她开始将香菇、木耳、黄花菜搭配上鸡蛋，简单勾芡调味。看着五颜六色的小菜，香气四溢，我馋得口水直流。

煮面条的时候，母亲会适当在水中加上点盐，她说这样就可以防止面条粘连在一起。母亲将小菜浇在刚刚出锅的手擀面上，搅拌两下。我狼吞虎咽地吃面，热得头上冒汗，出了汗的我感觉病也好了。母亲满脸笑容地看着我。

母亲知道我喜欢吃面，总会不断更新她的食谱，有时候看到做面的视频，她会认真地跟着学。而我就是她的检验员，我说好吃母亲就很开心，我说好像不是特别好吃，母亲就会不断改进，直到我满意为止。那时我最盼望的就是放学回家，母亲会马上下厨做碗面。

随着我大学离开家乡，工作在异地，可以吃到更多的美食，但母亲的手擀面一直是我心中最美味的。

正是母亲对我的爱，对美食的热爱，让家充满了人间烟火味。如今，我也成了女儿的母亲，也学着母亲的样子，给女儿做手擀面，和面、做卤菜。母亲把手艺传给了我，我也在传递着这份爱，用爱意温暖着我的女儿，带给家里热气腾腾的生活。

春卷里的温情

古人云："一卷不成春，万卷春如醉。"春卷，这一道寻常的小吃，却承载着不寻常的春意与情怀。每当春风拂面，万物复苏，我总会想起母亲忙碌的身影，和那一盘金黄诱人的春卷。

唐朝时，春饼已与芦菔、生菜等一同成为迎接春天的美食，而到了清代，春卷更是成为宫廷佳肴，位列"满汉全席"的九道主要点心之一。可见，这春卷不仅是食物，更是人们对春天美好的祝愿与期盼。

儿时，每当春风拂面，母亲便会开始做春卷。母亲先做春卷皮，将面粉搭配盐和清水搅拌出面筋，盖上盖子放冰箱冷藏半小时，接着铁锅开小火烧到微烫，用手抓起面糊团在锅里转圈后迅速提起，就是一张烙好的饼皮。烙完的饼皮需要迅速放入保鲜袋中密封回软，可以直接使用，也可以放冰箱冷冻起来备用。这个方子做出来的饼皮味道没有面腥味。除了炸春卷，还可以做春饼。

母亲知道我喜欢吃胡萝卜馅的春卷，她将韭菜洗净后切碎放入大碗中再倒点儿油拌匀至每一粒韭菜碎都沾上油，胡萝卜切丝。母亲说韭菜切完后拌油，可以防止后续调味时被盐渍出水分。她将韭菜碎和胡萝卜丝加入酱油、精盐，放入锅中炒一下，制成春卷馅，然后将春卷皮放在菜板上，卷入馅，在封口处抹上面糊封口逐个制成春卷。当锅里的油烧至七八分热时放入春卷，炸至两面外皮酥脆呈金黄色，再转中小火慢炸 2 分钟炸熟，一盘香喷喷的春卷便做好了。

一家人围坐在桌前吃着春卷，母亲给我讲春卷的故事，每个人的脸上都洋溢着幸福的笑容。古代诗人也喜欢吃春卷，例如陆游、晏几道、方岳，尤其让我印象深刻的是蔡襄“春盘食菜思三九”，盛赞春卷的美味。

我大学离开家乡，工作在异地，可以吃到更多的美食，但母亲的春卷一直是我心中最美味的。

现在，我也有了自己的女儿，我也学着母亲的样子，给她做春卷。我希望能够把这份爱，这份对美食的热爱，传递给下一代。每当看到女儿吃得津津有味的样子，我体味到了母亲当年为我们制作春卷时的幸福和满足。

春卷，不仅仅是一种食物，更是一份情感的传承。它承载着母亲对我们的爱，也承载着我们对下一代的爱。在这个春天里，让我们一起品尝春卷的美味，感受那份温暖和幸福吧。

一口清明粿，满口春滋味

“桃花雨过菜花香，隔岸垂杨绿粉墙。斜日小楼栖燕子，清明风景好思量。”清明时节，春光明媚，草木繁盛，杨柳垂丝。在江南一到清明节，家家户户做清明粿。清明粿，也作青团、清明团子，寓意平安健康，是清明前后江南地区用以祭祀祖先、馈赠或款待亲友的传统时令美食。

每年清明时节，我总会想起母亲做的清明粿。母亲是做清明粿的高手，清明粿可以用艾草和鼠曲草做，母亲更喜欢用鼠曲草。她做的清明粿不仅味道鲜美，而且造型独特，让人忍不住大快朵颐，回味无穷。

当田间地头的鼠曲草在春雨的滋润下鲜嫩欲滴的时候，母亲便会带着我一起去剪鼠曲草。我们用小剪刀剪下嫩芯，当鼠曲草满箩筐时，母亲和我便一路欢声笑语回家。

回家后，母亲和我将鼠曲草清洗干净，先焯水。锅中水烧开，加入小苏打，焯水后放在冷水中过凉，这样能让鼠曲草的颜色更加翠绿，过凉之后挤干水分放到破壁机中加清水，搅出鼠曲草汁。接着将鼠曲草汁加到粳米粉中，边倒边搅拌，搅拌成颗粒状加入熟油再搅拌成粉状，把揉好的面团和鼠曲草的渣铺在蒸屉上，然后上锅蒸，蒸好倒扣在案板上，趁热揉在一起。

母亲有一双会变魔术的手，面团揉好之后她取一小块面团放在手上，搓圆之后，用大拇指压出一个洞，放上一勺馅料，用虎口收口，收紧之后清明稞就做好了。母亲做的清明稞总是很美，各种造型都有，圆形如满月，花边形如饺子，香气四溢十分诱人。

清明稞不仅造型多，馅料种类多，就连吃法也是多样的。它可以蒸着吃，煎着吃。蒸着吃，软糯清香，口感Q弹，一口美味，一口春。油煎过的清明稞表皮焦黄酥脆，靠近内陷的部分还是软软糯糯的，多重口感，怎么吃都不腻，每一口都让人欲罢不能。

母亲知道我喜欢吃甜的清明稞，她会做咸甜两种馅。甜馅用的是黑芝麻糖。那流沙的黑芝麻，甜丝丝的却不齁，香甜的芝麻馅香缠绕舌尖久散不去，就像春雨润物，甜滋滋沁入人心。咸的内馅则是笋干、肉丁、咸菜经典搭配，软糯的外皮，裹着咸香的春笋馅，吃起来超级鲜美，仿佛吃进了整个春天。

母亲会把做好的清明稞分给邻居，邻居也会给我们送清明稞，这样我们就能吃到更多不同口味的清明稞，温暖的邻里情也因小小的清明稞而变得更美好。

年年清明绿，年年稞飘香。远离故乡的我，每当想起那青青绿绿的清明稞，心底里便会自然而然地涌起淡淡的乡愁和甜甜的回忆。清明稞不仅是家乡的美味，更氤氲着母亲对生活的传承与热爱。它也提醒着生活在钢筋水泥里的我们，不要忘记感知四季，亲近大自然的初心。

人间四月“嗍”螺蛳

“明前螺蛳赛肥鹅，莫负人间四月鲜。”在春暖花开的时节，我就会想起母亲做的那碗鲜美的螺蛳，它是家常佐餐下酒的上佳之选。

清明前后是食用螺蛳的最佳时令，此时螺肉肥美。螺蛳营养丰富，可以为人体补充丰富的氨基酸，具有清热、利水、明目的功效。

小时候，我喜欢跟母亲去菜场买螺蛳。一个个螺蛳泡在水里，母亲伸出手将中等大的螺蛳捧在手中闻味道，母亲告诉我说：“螺蛳要选外壳颜色干净、中等大小的，如果闻到有刺鼻气味的螺蛳就是坏的。”母亲闻好还要观察螺蛳。她说：“你看，螺蛳衣盖在螺蛳上就是活的，如果螺蛳衣脱落，那说明螺蛳已经死了，就不能吃了。”我总是听得很认真，买螺蛳原来有这么多学问。

买回家后，母亲会反复清洗，将清洗完的螺蛳放在容器里用水养，螺蛳就会“吐”出“垃圾”，母亲每两三个小时就会更换一次清水。当水质清澈后母亲就会找出老虎钳剪去螺蛳的尾部，这样很耗时，但母亲却乐在其中，她说：“真正的美食多付出心力才好吃呢！”

母亲最拿手的就是香辣螺蛳。将姜、蒜切碎，辣椒切好备用，锅中加油烧热，放入八角、辣椒、姜、蒜炒香，再放入螺蛳煸炒一分钟，加料酒、酱油、盐、糖、醋继续翻炒。再加半碗水，改中小火慢炖入味。快好的时候撒上香葱就出锅。母亲边做边跟我说："不能时间太长，要不然螺蛳就老了。"

"嗍"螺蛳是享受美食的过程。"嗍"螺蛳时，我"嗍"不出来，真是着急，母亲总是耐心地教我，只见她使劲聚气一"嗍"，嘴里汤汁满盈，随后而至的便是螺肉之鲜。遇到一两颗实在"嗍"不出来的，母亲就用筷子往里头捣一捣，保证能一口气"嗍"出来。

我想起诗人庾信曾在诗中写道："香螺酌美酒，枯蚌藉兰肴。""嗍"几颗螺，再抿几口小酒，吃到后来，螺越来越入味。看来从古到今人们都喜欢"嗍"螺蛳。"嗍"螺蛳是对时令美食的喜爱，更是对品质生活的真爱！

暖心冬腌菜

入冬后，寒风凛冽，正是腌菜好时节。在南方，家家户户做冬腌菜是很有冬天仪式感的一件事情，而我的母亲做的腌冬菜总是让人赞不绝口。

母亲腌冬腌菜的技术很娴熟。从地里把长梗白菜搬回家，除去菜根，洗净，一一摆在院子里的水泥地上晾晒，等到菜叶微微发黄的时候，就把这些白菜放到大石缸里。母亲铺一层白菜撒一层盐，然后洗净双脚，赤着脚丫不停地在菜上面踩，用脚踩实白菜，踩出汁水。如此循环往复，直到把大缸塞满。最后压上一块块大石头，冬腌菜就这样交给了时间。

有期待的日子让人觉得美好。20 天后，让人心心念念的冬腌菜就做好了，闻着气味让人口水直流。母亲从缸里取出冬腌菜切碎，配上刚出土的冬笋，做成炒二冬，让人能连吃两碗白粥。还有冬腌菜炒肉，冬腌菜炒毛豆，冬腌菜阳春面，都是绝顶的美味。一日三餐装满了浓浓的腌菜味，温暖了我的童年生活。

除了冬腌菜，手巧的母亲还会腌制白萝卜、胡萝卜、辣椒等。特别是母亲腌制的萝卜条，堪称一绝，让人回味无穷。她把洗干净的萝卜切成条，粗细均匀，一一晾干，放进大碗里，加入食盐和辣椒，然后双手揉捏它，直到把萝卜条揉得软软的。母亲找到一个大玻璃缸将萝卜条一一放入，压紧实装满后盖上盖子。母亲腌的萝卜条口感好，清脆爽口，酸爽适度。那种清爽的味道让胃也欢快起来，刚刚好的酸爽在唇齿间留香，久久不会散去。在冬日的日子里，萝卜白净，辣椒鲜红，让人食欲大开，脾胃得到满足。冬腌菜成为我们家饭桌上不可或缺的一道菜，那滋味，就像冬日的一抹阳光，温暖滋味绵长。

母亲的冬腌菜也陪伴了我的读书生涯。那时住校，大家都会带上家里的腌菜作为佐食。吃饭时，同学们就打开瓶瓶罐罐，一边吃一边评价谁家的腌菜好吃。

母亲将普通的日子过得温暖生动，她制作的冬腌菜的味道已深入我心，那一瓶瓶的腌菜，不仅是寒冷日子里的家乡滋味，更是平淡日子里的温暖幸福。

早市里的人间烟火

五一长假，母亲拉着我去逛早市。清晨，太阳尚未破晓，早市便热闹起来，来来往往的买家摩肩接踵，市场上叫卖声、讨价还价声此起彼伏，与远处传来的车流声交织成一首生活的交响乐。

街道两边摆满了各种翠绿鲜嫩的青菜、红的辣椒、香甜的水果、新鲜的肉类和活蹦乱跳的鱼虾，各类食材应有尽有。小贩们热情地向顾客推销着自己的商品，赶集人则穿梭在摊位之间，挑选着心仪的食材。

这时王阿姨拉住母亲问："你也来啦，五一准备出去旅游吗？"母亲开心地说："我准备明天出发去青岛。""我去海南，我回来再约你啊！"小贩们听完相视一笑："我就说这两天菜卖得不好，原来大家都趁着高速免费旅游去了。"

白发苍苍的老伯跟小贩讨价还价，他指着鱼跟摊主说："鲫鱼再便宜点，我昨天就是这个价买的。"老板说："看你是老主顾，你说便宜就便宜。"伯伯开心地说："你这么会做生意，我明天还来。对了，我的鲫鱼要剖的，还要你给我切成鱼块，这样我回家一洗就下锅了。"小贩笑着说："好的，顾客是上帝，我服务一直很好的。"后面的人看伯伯还好价，小贩态度这么好，也马上说："老板，也给我来条鱼。"老板忙给大家选鱼称重，伯伯打开手机付款，小贩则剖鱼，按照伯伯的要求切好鱼块，并冲洗干净装进袋子里。大家买鱼开心，小贩卖鱼也快乐，让我感觉到了早市里的温暖与人情味。

临街的店铺里有一家面店，沿街摆满了桌子、椅子。一早已坐满了人。一碗色香俱全的片儿川，能让你味蕾瞬间得到满足。"老板，麻烦给我看一下女儿，她还没吃完，我去买点香椿马上就回来"，一位母亲跟面店的老板说道。老板边将面条下锅边说："去吧，放心吧！我给看着孩子！" 这种信任与默契，让人感受到了人与人之间的真诚与善良。

"张老师，真的是你啊！"我以前的学生和她的妈妈竟然在早市跟我偶遇，我们热情地拥抱。我们边走边聊着孩子的学习情况，她感谢我当年对孩子的培养，我也感谢她对我班级工作的支持。看着孩子又长高了成为中学生，让我感叹时光易逝，但记忆永存。

如今，虽然学校周边开了很多超市，年轻人也爱上了网上买菜直接送到家，但这个早市，是一个充满生活气息和人文情怀的地方。它让我们感受到了生活的美好和温暖，也让我们更加珍惜眼前的生活和身边的人。在这里，我们可以找到那份属于自己的幸福和满足，也可以与他人分享生活的点滴和美好。

早市，是一个值得我们去珍惜和呵护的地方。让我们一起感受这里的烟火气息，享受这里的美好生活，也让我们一起为这里的发展和繁荣贡献自己的力量。

母亲的豌豆糕

记得小时候，母亲都会在后院种一片豌豆。当豌豆成熟的时候，母亲便会让我和她一起去后院摘豌豆。母亲告诉我豌豆营养十分丰富，含有蛋白质、维生素、粗纤维以及钙、铁、钾等微量元素。母亲会把嫩嫩的豌豆放锅里煮，水一滚起锅，我轻轻拿起豌豆荚放在口中，轻轻一咬，一颗颗滚圆的豌豆就在口中，让人回味无穷。

小时候，我喜欢吃母亲做的豌豆糕。它香甜可口，清凉下火，爽口绵甜，益脾胃，解热祛毒，是老少皆宜的一道点心。我喜欢和母亲一起剥豌豆，每次剥好豌豆后，母亲奖励勤劳的我，总会用线穿起一粒粒的豌豆做成一串项链，这时我总会开心地在镜子前左照照右照照，开心极了！

母亲把剥好的豌豆洗净用石磨磨成粉，豌豆粉加上碱，在沸水中煮成豌豆糊，加入糖和桂花少许，再煮一会儿，将豌豆糊盛出冷却。把赤豆煮成赤豆糊，赤豆糊盛出来放凉，接着把它放在豌豆糊上面放到冰箱里冻一个小时。母亲把冻好的豌豆糕切成方形、菱形。我拿起它轻轻咬一口，清香爽口，嘴中含着沙沙的甜蜜，带着一股浓浓的桂花香。

古人也喜欢吃豌豆糕。明代高濂在《遵生八笺》里称豌豆为寒豆，适宜在夏天和初秋食用，不仅能下火，还能益脾胃，解热，祛湿利尿。在乾隆皇帝早膳中曾有“豌豆黄”一品，到慈禧太后时，豌豆糕已成为清廷名点。

汪曾祺曾说：“让食物和人的心灵相互沟通，才能做出最美味的菜品。”母亲的豌豆糕陪伴了我一年又一年。随着学习和工作在外地后，我时常想念母亲做的豌豆糕，小小的豌豆糕承载着母亲对我深深的爱。

豇豆香岁月长

在老家的院子里，母亲最喜欢在院里的一角种上豇豆。她总说多吃豇豆能治疗呕吐、打嗝等不适。如果食积、气胀的时候，取生豇豆适量细嚼后咽下，可以起到一定的缓解作用。李时珍也曾称赞豇豆能理中益气，补肾健胃，和五脏，调营卫，生精髓。

当豇豆苗长出须蔓时，父亲便从山上砍回竹子，和母亲一起搭豇豆架子。把竹子插进泥土里，摆成三角，竹子交叉绑在一起，然后把长豇豆的细须绕到竹子上面。这样不出几日，豇豆便迅速爬满了竹架。

清晨，豇豆开出了粉紫色、浅紫色的小花。它们清丽乖巧地绽放在绿叶之间，像一朵朵蝴蝶在绿色的叶片之间随风起舞，让人看了着实喜欢。在炎炎夏日，花儿正如诗里所写的那样："是花是蝶粉娇妍，亦歇亦飞青蔓前。烈日之中巧忍耐，一朝清露更翩跹。"

当微风吹过，花朵随风飘摇，阵阵清香扑面而来。当花谢了，豇豆开始生长。它们的生长速度很快，没几天就挂满了架子，长长地垂挂下来，形成了一片绿色的门帘，让人不禁陶醉在这片绿色的海洋中。

当豇豆成熟时，母亲让我陪她一起摘豇豆，我总是调皮地这边摘几根那边摘几根，母亲总是微笑说我太调皮了。摘完一筐豇豆，母亲会送给邻居分享，然后那几天菜肴都是与豇豆相关，凉拌豇豆，炒豇豆，豇豆炒肉。

我最喜欢母亲做的酸豇豆角，母亲会选用手摸起来硬一点的豇豆，将豇豆洗净放到通风或有阳光的地方让水分充分晾干。晾干后掐去头部和尾部，用刀切成碎一些的小丁儿，碎一些更好腌制。切好后放入盆中，放入食盐充分翻拌均匀。将拌过盐的豇豆放进玻璃瓶中，尽量放满，然后盖紧盖子给它密封保存好。这样放上几天颜色就会慢慢由绿变黄，等到罐子中的豇豆完全变黄就可以吃了。配着小粥吃，酸爽可口让人喜欢。

当豇豆长势喜人，家里堆满了长豇豆，这么多的豇豆可难不倒母亲。巧手的她总有办法，把长豇豆放进锅里水煮，捞出后沥水直接晒在院子里的竹竿上面，一条条长豇豆在太阳的照射下慢慢变黑，变成了豇豆干。等到冬天的时候，母亲就会取出，泡水后放进红烧肉里。干豇豆吸收了肉汁，吃起来有嚼劲又不失豆的口感，也是一道让人回味无穷的美食。

家常小菜豇豆，普通得不能再普通，却因让我时常想起母亲忙碌的身影，想起她做酸豇豆的专注的样子，想起小时候依偎在父母身边的日子，成为我记忆深处温暖的存在。

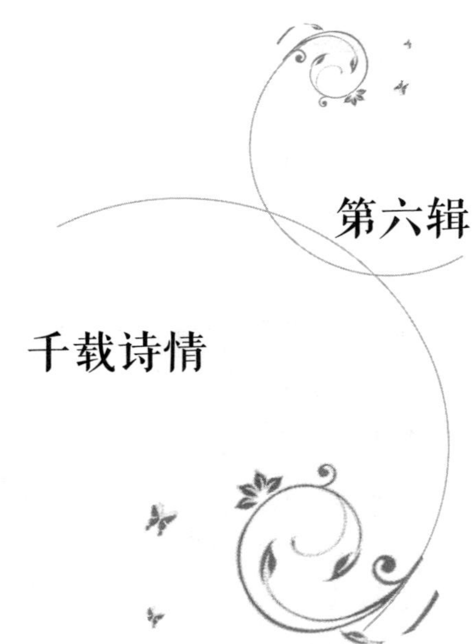

第六辑

千载诗情

大雪话诗意

在寒冷的冬日，大雪之美，是隔窗听雪落的声音；是抬头看雪铺满群山；是小巷中雪花飘洒空中的宁静；是庭院积雪白净素雅。那便是雪之美，冬之韵！

雪之美在雪花。李白在《清平乐·画堂晨起》中写道："应是天仙狂醉，乱把白云揉碎。"他将雪比喻成被天仙撕裂的白云。还有薛昂夫在《蟾宫曲·雪》中写道："天仙碧玉琼瑶，点点扬花，片片鹅毛。"只见那飞扬的雪，像碧玉琼瑶，又像飘舞的杨花和鹅毛。皑皑白雪世界，纷飞的雪花如鹅毛，如杨花，如碎云，真是美不胜收。

雪之美在梅花。大雪时节，唯有梅花凌寒独自绽放。大雪飘落已是一幅浑然天成的水墨画，那红色的梅花在雪中映衬出热烈芬芳，为这雪白天地平添了一抹生命力，画面美轮美奂。"梅须逊雪三分白，雪却输梅一段香"，大雪中飘来的阵阵幽香吸引着人们踏雪寻梅，寻找那一份属于内心的纯净和来自精神世界的滋养。相传，诗人孟浩然远离官场，寄情于山水间，在自然万物中寻找作诗的灵感。他欣赏梅花清新淡雅的圣洁品质，常常在漫天飞雪中去苏岭山上骑着驴子找寻梅花的踪影。孟浩然的好友王维还专门画了一幅踏雪寻梅图，赞赏孟浩然"不畏风雪为寒香”。此后，人们便用踏雪寻梅来形容文人雅士赏爱风景的雅趣。

雪之美在思念。诗人纳兰性德在《于中好·握手西风泪不干》中写道：“遥知独听灯前雨，转忆同看雪后山。”诗人与挚友顾贞观离别，依依不舍。想象离别后友人深夜独自听雨的孤独，回忆起曾经一起看雪，有你的雪景格外美丽宁静。你不在我的身边，我无法平息我的思念。让我看到了诗人极致的思念，知心人难聚首。

雪之美，美在雪花，浪漫诗意；雪之美，美在梅花，品质圣洁；雪之美，美在思念，睹物思人。

李白眼中的“春”

向阳草木青，明媚春光暖，春天有独特别致的美，在诗人的笔下，春天的美各不相同。我尤爱李白，品读他的诗，总能在他的诗词里找到如画的春天，美丽醉人！

春，美在绵绵春雨后的诗短情长。李白在《落日忆山中》里写道：“雨后烟景绿，晴天散余霞。东风随春归，发我枝上花。花落时欲暮，见此令人嗟。愿游名山去，学道飞丹砂。”雨后的原野上一片翠绿，烟景渺茫，晴空里余霞像一幅幅绮锦。东风跟随春姑娘回来了，它催开了我家的鲜花。现在正是花落日暮的时候，怎么不让人嗟叹不止？我想去游名山大川，找仙人学道炼丹。李白看着春日的景色有感而作，其中诗人的那句“东风随春归，发我枝上花。”更是描写春天的千古名句。

春，美在诗人的万般情思。李白在《折杨柳》里写道：“垂杨拂绿水，摇艳东风年。花明玉关雪，叶暖金窗烟。美人结长想，对此心凄然。攀条折春色，远寄龙庭前。”春天来了，青青垂杨轻拂着清澈的水面，它那摇曳多姿的美丽枝条随春风舞动。然而，遥远的玉关边塞，此时却是寒风凛冽，冰雪交加。美人轻移莲步，站立在金窗前，独自凭倚窗棂，远看叶暖烟空。美人愁思百结地想起了远方的牵念，心中不免无限离愁。面对眼前此情此景，心中更是荡起一种说不出的凄凉哀怨。真想攀折一枝柳条啊，蘸满绵绵春色，远寄到边疆的龙城前，让他明白她的一片相思。诗人将美人在春光明媚的日子里触景生情，思念丈夫的万般情思，写得委婉含蓄，韵味悠长。

春，美在无处不在的自然风光。李白在《春日游罗敷潭》中写道："行歌入谷口，路尽无人跻。攀崖度绝壑，弄水寻回溪。云从石上起，客到花间迷。淹留未尽兴，日落群峰西。"诗人一边游走，一边唱着歌从罗敷潭山下的谷口入山，走着走着发现路已经到尽头，而且也没有人攀登过的痕迹。于是，诗人攀爬过悬崖，涉过绝壁深谷，蹚过潺潺的溪水，沿着曲折的溪流继续向山上攀登。偶尔抬头，白云仿佛从山顶的石头上飘起，当我到达罗敷潭附近时，看到满山的鲜花陶醉了。我在这美景之中逗留许久也未能尽兴，直到太阳西下还不舍得离去。春天的美景需要我们去户外寻找，我们可以约上好友带上家人，一同去踏春。

在这春光明媚百花争艳的美好时节，执一卷诗书，翻读着李白的一首首言浅情深的诗词，别有一番情趣。

诗情画意话梅花

古往今来，写梅花的诗作数不胜数，梅花为很多诗人所爱。

梅花美在孤独。写梅花孤独神韵的传神之作，那便是诗人崔道融。他在《梅花》诗里写道："数萼初含雪，孤标画本难。香中别有韵，清极不知寒。横笛和愁听，斜枝倚病看。朔风如解意，容易莫摧残。"梅花初放，花萼中还含着冰雪，梅花的花香别有韵致，清雅不知冬天的寒冷。病弱的诗人，只希望北风能听懂他的心意，不要摧残这韵致的梅花。梅花与诗人，像朋友彼此安慰，一个独守严寒，一个独撑病体。诗人怜惜是梅花，更是孤独的自己，这让我想到了另一位诗人王安石。他在《梅花》诗里写道："墙角数枝梅，凌寒独自开。遥知不是雪，为有暗香来。"梅花立在僻静甚至冷清的墙角，冲破严寒静静绽放，远远地向世人送去浓郁的幽香。在冬天孤独绽放的梅花，便是王安石。诗人被罢相后，隐居钟山。他愿成为一株梅花，即使孤独，依然清香。

梅花美在坚韧。诗人陆游在《卜算子·咏梅》里写道："驿外断桥边，寂寞开无主。已是黄昏独自愁，更着风和雨。无意苦争春，一任群芳妒。零落成泥碾作尘，只有香如故。"在断桥边，梅花自开自落，黄昏来到，独自承受着风雨的摧残。即使凋零化为尘土，可它依然散发缕缕清香。陆游在赏梅中感慨自己的失意坎坷，又以梅花的精神表达身处逆境而矢志不渝的情操。

不论是院落还是江边，孤寒的梅花，兀自绽放，散发出阵阵幽香。不论是风雨还是狂雪，都无法摧残梅花，它依然在枝头绽放。诗人谢枋得在《武夷山中》的诗里写道："天地寂寥山雨歇，几生修得到梅花？"如果我们也能像梅花一样，处逆境而不屈，孤独时能自赏，那么，人生一定会更加精彩。

梅花之美，美在独自绽放；梅花之美，美在品质高洁；梅花之美，美在傲视严寒的坚韧。我们应像梅花一样，处逆境而不屈，孤独而自赏，人生会更自洽温暖。

杜甫诗词里的“春天”

春天的美好无处不在，春天是“等闲识得东风面，万紫千红总是春”；春天是“沾衣欲湿杏花雨，吹面不寒杨柳风”；春天是“竹外桃花三两枝，春江水暖鸭先知”；春天是“天街小雨润如酥，草色遥看近却无”……

我喜爱的诗人杜甫，他一生颠沛流离来到成都定居，在阳光明媚的春天，他也变得欢乐，诗兴大发，写下了一首首脍炙人口的春天之诗，像意气风发的少年郎。

春天会友之美。在这明媚的春日里，诗人的成都草堂建成，他开心地欢迎朋友的到来，在《客至》中写道：“舍南舍北皆春水，但见群鸥日日来。花径不曾缘客扫，蓬门今始为君开。盘飧市远无兼味，樽酒家贫只旧醅。肯与邻翁相对饮，隔篱呼取尽余杯。”朋友啊，我这里离城市太远，就用村里的浊酒招待你；如果你愿意和邻家老翁一起喝一杯，那我就隔着篱笆把他叫过来，我们一起趁着春光正好，喝个尽兴。诗人把家里的景色、家常话和友人之情等富有情趣的生活场景刻画的细腻逼真，充满了生活的情调。

春天听雨之美。诗人的《春夜喜雨》中写道：“好雨知时节，当春乃发生。随风潜入夜，润物细无声。野径云俱黑，江船火独明。晓看红湿处，花重锦官城。”此诗描绘了春雨的特点和成都夜雨的景象，热情地讴歌来得及时、滋润万物的春雨。诗人对春雨的描写，体物精微，细腻生动。全诗意境淡雅，意蕴清幽，诗境与画境浑然一体，是一首传神入化、别具风韵的咏雨诗。这春雨让人相信，一切都会重新开始，重新生长，重新生活。春雨抚慰了诗人颠沛流离的心灵，也鼓励着俗世的我们相信未来，热爱生命。

春天里，我们跟随诗人杜甫走进春天，看蜜蜂采蜜，燕子衔泥筑巢，趁春光正好，全身心投入生活。

诗人眼中的最美“四月”

人间四月是一个草长莺飞，生机盎然的季节。风唱云和，温度适中，既无冬日的严寒，又无夏日的酷热，是大自然特意为人类创造了一个舒适的季节。

林徽因笔下的四月，温暖而清新。她在诗《人间四月天》里写道：“我说你是人间的四月天；笑响点亮了四面风；轻灵在春的光艳中交舞着变。你是四月早天里的云烟，黄昏吹着风的软，星子在无意中闪，细雨点洒在花前……”整首诗给人以美的享受和心灵的触动。

古代诗人们也喜欢四月天，在他们笔下，不知唤起了多少人对“四月”的向往和赞美之情。

诗人白居易笔下的“四月”是充满惊喜的。他在诗《大林寺桃花》里写道：“人间四月芳菲尽，山寺桃花始盛开。长恨春归无觅处，不知转入此中来。”人间四月天，花儿都落了，白居易很伤感，春天过去了，可我好像还没好好欣赏春日美景。当他来到大林寺时，却惊喜地发现这里的桃花盛开，宛如初春时节。品味这首诗，仿佛看到了白居易看到桃花时的喜笑颜开，他的诗里能让人闻到桃花的阵阵幽香。

诗人洪炎眼中的“四月”是恬静美好的。诗人在《四月二十三日晚同太冲、表之、公实野步》中写道：“四山矗矗野田田，近是人烟远是村。鸟外疏钟灵隐寺，花边流水武陵源。有逢即画原非笔，所见皆诗本不言。看插秧栽欲忘返，杖藜徙倚至黄昏。”四月是踏春好时节，诗人与朋友来到郊外散步，只见群山巍然矗立，远处隐约可见山村。飞鸟从天空飞过，耳边传来灵隐寺的钟声，野花芬芳流水潺潺犹如武陵桃源。一路所遇非笔墨能描摹，所见皆是诗非语言能形容。看农夫田间插秧使我流连忘返，拄着藜杖时走时停不觉已到黄昏。在这首诗里让我们看到了诗人对山水田园之光的赞美与热爱。

在这个四月的时光里，我们放下繁忙的工作和生活，去感受大自然恩赐的美好。让我们在四月的阳光下，去追寻那份属于自己的快乐和幸福。让我们在四月的风景中，去品味那份独特的人生滋味。让我们以林徽因的诗句作为结尾：“你是一树一树的花开，是燕在梁间呢喃。你是爱，是暖，是希望，你是人间的四月天。”愿每个人的四月，都能如此美好而难忘。

古人“花式”传情

自古以来，无数有情人会以各种方式庆祝他们的爱情。从古代的芍药、红豆、发簪、香囊，到现代的鲜花和巧克力，尽管示爱的方式变化多端，爱情的本质始终如一。

每逢到了七夕节，总会看到大街小巷到处是鲜花，在这个节日里给心爱的人送一束鲜花，用花示爱，是现在人们表达爱意的一种方式。在古代，人们表达爱意的花束是芍药。在《诗经·郑风·溱洧》里写道：“维士与女，伊其相谑，赠之以芍药。”在溱水洧水旁，年轻男女在盛大仪式中，有情人相互赠送芍药来表达依依不舍之情。诗人元稹也在《忆杨十二》诗里写道：“去时芍药才堪赠，看却残花已度春。只为情深偏怆别，等闲相见莫相亲。”在这首诗里他写尽了对爱人的相思爱慕之情。

除了用芍药表达爱，古人还会将爱意寄托在各种物件上，比如红豆。王维在《相思》里写道：“红豆生南国，春来发几枝，愿君多采撷，此物最相思。”还有发簪也是有情人互表心意的礼物，诗人徐陵所编《玉台新咏》里的《古绝句四首》写道：“日暮秋云阴，江水清且深。何用通音信，莲花玳瑁簪。”古代的发簪磕碰易损，发簪就如爱情一样需要悉心维护，他们便将“玳瑁簪”寄去表示爱意。而最让人喜欢的便是香囊，女子会为爱人精心缝制香囊，诗人孙光宪曾在《遐方怨·红绶带》里写道：“红绶带，锦香囊。为表花前意，殷勤赠玉郎。”

食物也是古人表达爱意的一种。如花椒，《诗经·陈风·东门之枌》中写道：“视尔如荍，贻我握椒。”女孩给心仪的男子送一把花椒以表达爱意，花椒还有“多子多福”的寓意。

人们还以弹琴表达爱意。最知名的便是司马相如，他一首《凤求凰》“凤兮凤兮归故乡，遨游四海求其凰”俘获了卓文君的芳心，两人为爱私奔，成就了才子佳人的佳话。还有《西厢记》中，贫穷书生张生对相国的女儿崔莺莺的表白也是听琴：“他曲未终，我意转浓，争奈伯劳飞燕各西东，尽在不言中。”张生将自己爱而不得的感情用琴表达感动了她，也让张生抱得美人归。还有作家高濂也在《玉簪记》中描写陈妙常和潘必正以琴结缘成就了一段姻缘。

唐玄宗表达爱意也相当浪漫，他为了满足杨贵妃，专门在宫中建造了乞巧楼。每到七夕便和杨贵妃在此宴游，还让宫女准备瓜果、鲜花，宴于庭中，祭祀牛郎织女。其他妃嫔们则以九孔针、五色线，在月下穿针线，先穿过者为“得巧”。同时还有音乐演奏，欢乐达旦。

最深情的爱意表达之人还有张敞，在《汉书·张敞传》里写道：“为妇画眉，长安中传张京兆眉妩。”张敞早上都要为妻子画眉，结果上朝迟到，有官员便要弹劾他说他没有做官的威严，可他却以此为荣说这个是夫妻间的情趣，他说服了皇帝，给妻子画了一辈子的眉毛。后来“画眉”也成了夫妻恩爱的象征。

让我们纪念那些古老的传统，也重新审视我们对于爱情的理解和表达。让爱情在琐碎的日常中绽放，将每一天都过成七夕，用心去维护和珍惜我们的情感纽带，让爱在现代社会继续流传，成为永恒的主题。

春雷响，万物生

惊蛰，一年中的第三个节气。在二十四节气中，惊蛰以一个“惊”字，显得与众不同。在《月令七十二候集解》中记载：“二月节，万物出乎震，震为雷，故曰惊蛰。是蛰虫惊而走矣。”一声春雷，震出蛰伏在地下冬眠的生命，让春天充满生机盎然。

在《素问》中将惊蛰分为三候，每一候为五天，“一候桃始华，二候鸧鹒鸣，三候鹰化为鸠”，说的是惊蛰时节，桃花红，李花白，黄莺鸣，燕飞来。有谚语云：“惊蛰过，暖和和，蛤蟆老角唱山歌。”“雷打惊蛰谷米贱，惊蛰闻雷米如泥”。

到了惊蛰，那些冬眠的小动物、小昆虫，睁开贪睡的双眼，伸展身体纷纷爬出洞穴，看到外面的世界已是春暖花开，阳光温暖，它们便开始到处觅食。其实，昆虫是听不到雷声的，大地回春，它们只是因天气变暖才结束冬眠，所以惊蛰与其说是万物惊恐的出走，不如说是它们到了时节按时醒来。

随着气温回升，春耕的好时节开始了。韦应物的《观田家》描绘了惊蛰春耕的忙碌。“惊蛰春雷响，农夫闲转忙。”农民们开始整理农具，下地劳作。“惊蛰不耙地，好像蒸锅跑了气。”“惊蛰地化通，锄麦莫放松。”农民忙着犁田、耙地、锄草、施肥，田间地头，到处是忙碌的身影。

只见那燕子又找到熟悉的家门做巢，它们忙着修葺新巢，盘旋在烟火气息浓郁的屋檐下，让人们喜爱不已。那小区旁的月牙湖，冰封的湖面已经解冻，微风吹荡起一圈圈的涟漪，让人们感受到春天的讯息。那湖边的一排排杨柳树，随风摇曳婆娑，修长飘逸的身姿，让人们感受到春天的柔美惊艳。

惊蛰，惊醒了春天，让整个大地春潮涌动，生机勃勃，一幅春之画卷，正在天地间徐徐展开。